TENTATIVAS

VERA ALBERS

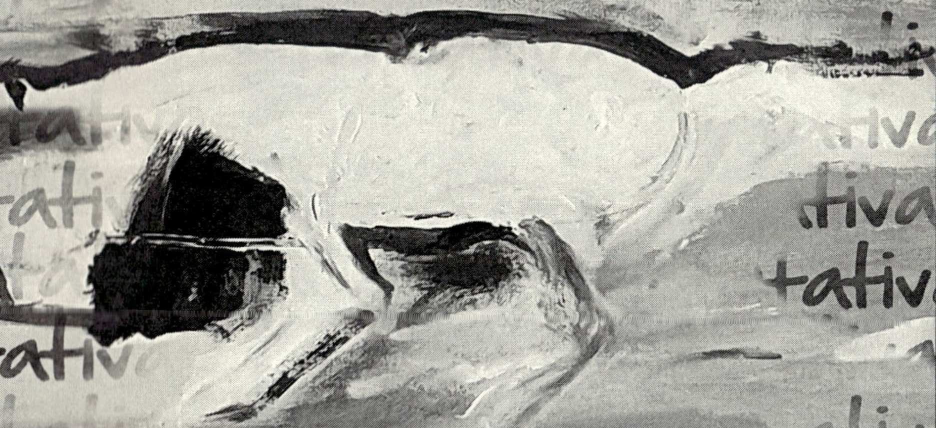

SUMÁRIO

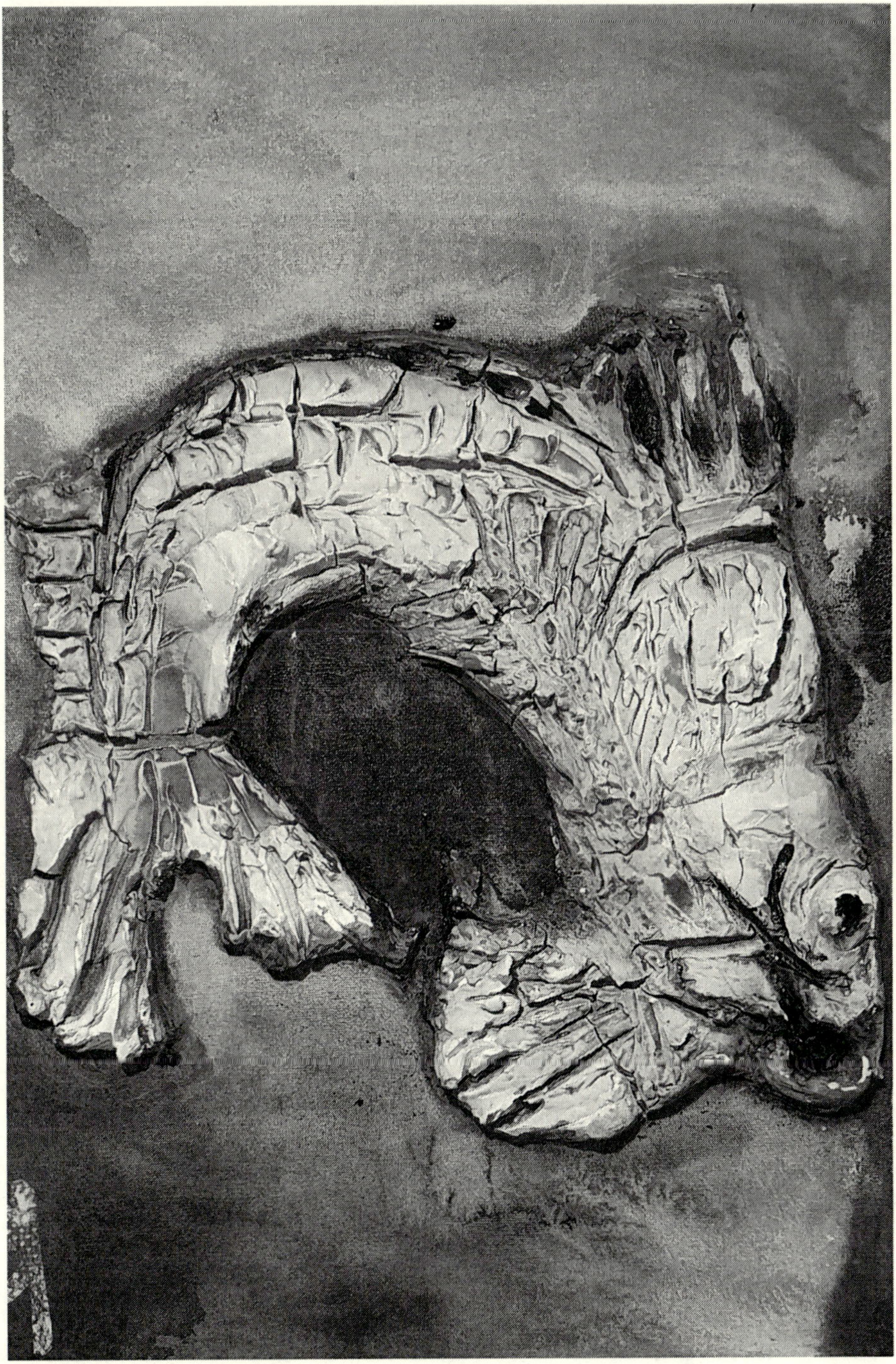

POR AMOR

Eu também me desligo de você sem o menor remorso.

Digamos como foi, antes que seja tarde e as ideias já não caiam com sua cadência própria, mas sim se sobreponham sem ritmo, aglutinadas.

Foi assim: você levava sua mão na direção da minha mão relutante e pisava furtivamente no meu pé, feito dom Pedro, e eu, eu me encontrava na encruzilhada. À direita, seu irmão, pense bem, seu irmão e meu legítimo esposo e à esquerda... você.

A ele posso perdoar o silêncio fúnebre com o qual recobriu todo este episódio e muitos outros de nossa vida, mas a você, a você como justificar o ímpeto esmorecido, senão por uma culpa antecipada, ou uma falta intrínseca de nervo, de medula?

He who desires and acts not, my dear, breeds pestilence. E depois não me venha com diapasões de desculpas. Não se corta assim uma relação, não se abandona o passado, o disse e não disse, entre o céu e a terra.

Em suma, o passado também é amor: o franguinho gostoso da Leide, cozinhado ao molho pardo no calor inefável do fogão Brasil, acompanhado do chorinho da Fabi, a vista do chão luzidio de granito onde li *Das Kapital*, a copa das árvores onde em agosto cantam os sabiás de peito roxo, mas seu irmão é assim mesmo, não leva jeito, nunca fala quando é decisivo falar, e agora vou dar minha voltinha pela praia, esqueço tudo, desligo este botão e subo direto para as galáxias azuis. A vós da terra, tchau.

Só que à noite sonhei, sonhei uma grande casa de campo com rio para nadar. E você de peruca. Uma peruca de pelos grisalhos que o faziam lindo de morrer. Meu comportamento? Você botava a peruca e eu me extasiava – que bonito! Sentia um amor momentâneo que ao tirar a peruca desaparecia.

Grande casa de campo com rio para nadar. Uma casa como a da Madalena. Idas e vindas. *Maison des pères*. Na sala da frente o Savério desembrulhava suas joias sob meu olhar atônito, ouro, muito ouro, e as ajudantes iam introduzindo gringos que vinham de jipe carregar o contrabando. De repente, a notícia do golpe.

Telefonemas vários, filas, correrias. Também fujo, com a irmã que me acompanha. No lusco-fusco da noite que de súbito envolve a todos, vivo o revés. Jamais imaginaria que além das fronteiras desta casa a miséria fosse tão palpável. A terra seca da estrada esburacada parece areia, de tão fina.

Tropeçamos em latas. Ouvem-se tiros. Corrida a esmo. Chegamos a um barracão que outrora foi cinema, escola. Atrás de uma parede, entre regadores e excrementos, tiro a roupa. A salvação é atirar-se ao rio. Chego à margem e percebo com grande imensa dor que cair neste rio é estar perdido.

O rio mói os revolucionários. Grandes redemoinhos engolem um por um, posso ver os braços agitando-se enquanto são tragados.

A irmã chora. Por amar demais, disse-me, acaba de denunciar o amado.
Os gringos levam-no no jipe. Essa toalha é prova de seu ato. Pego a toalha: está úmida em meus braços. Chego bem perto do carro e faço com que ele a veja. Como te entendo, irmã. Ações como esta, que decidem da vida ou da morte de seu amado só são possíveis assim. Ou em sonho.

A CADEIRA

– O que você está fazendo com esta cadeira de rodas vazia, neste hotel de luxo? Pergunta ele. Vou atrás do futuro ocupante. Com bastante pressa, até. Desloco os hóspedes pelas escadas, senhoras idosas mal pintadas que me olham com interesse solícito, misto a futura compaixão. Deslizo pela sala de leitura, espiando as folhas dos jornais: "Misha é bicha?" – "Pode-se levar a sério as homílias do papa?" "Queremos sentir a alegria de viver com segurança", diz ao papa o metalúrgico Waldemar Rossi...

– Que bom que o encontrei. Não fuja e não disfarce... Lembra-se da amostra que você me deu quando nos conhecemos? Fui seguindo os pontos, um por um, com muitas reviravoltas até encontrar o fio e o princípio; o fio e o princípio – e a obra fez-se por si, não regular, mas homogênea, você me ensinou, por que se esquiva, agora? Liberdade e soberania? Amor e simpatia? São conceitos antagônicos, meu caro. Li os textos que você me apontou. Max Scheler – o amor espontâneo é ativo, a simpatia é passiva. Como, você que anseia pelo espontâneo, quis enquadrar um sentimento irrompendo nos limites de uma reflexão? Agora o tem. O amor está morto. E o que é pior, na medida em que a simpatia se limita a receber o que recebo de você, ela me cansa, sinceramente: a simpatia transformou-se em tanto faz. Minha mulher, você me disse, minha mulher fica acabrunhada diante de tanta cultura, mas – ela diz – consegue ler Nietszche, ela faz o gênero passional, se atira, me abraça as pernas...

– Ora, pois não foi Nietszche que ensinou que a liberdade é de quem pode, pense bem, não de quem quer? A justiça é feita para os que a ela estão sujeitos.

Lembro-me como se fosse ontem: "Genealogia da moral". Palavras proibidas, palavras de fogo. E agora você me vem com suas contradições vespertinas. Abomina toda autoridade... no entanto, se alguém o chama do lado de lá... quem não vai aceitar voltar? Lado de cá, lado de lá... Não entendo mais nada... Não estávamos além disto tudo? Ou melhor, entendo. Pernas ou não pernas, você continua é preso por sua mulher. Não adianta disfarçar. Esta cadeira é para você, querido. Foi dada a partida para o país das galinhas. Seu sedutor iludido, meus respeitos.

XI... Tocou a campainha e o motoboy fez a entrega. Caixas que havia pagado antecipadamente, na expectativa da remessa. Só que a remessa não chegava. Chegou meses depois e eu já nem sabia o motivo pelo qual havia encomendado as caixas: devia ser para algum cliente do escritório de decoração do qual eu fazia parte, há algum tempo, depois do meu curso de artes plásticas. Ponha-as no armário, falei para a funcionária, contrariada pelo esperado mau gosto do desenho, mais próprio de sacos de balas, do que de caixas.

Era de manhã cedo e as meninas haviam descoberto a varanda vazia da casa número 3, junto com o primo que viera ter com elas, nas férias. Corriam, pulavam e principalmente gritavam. Uma provação, esta algazarra. De minha parte sentia-me envolvida, cúmplice, já que não tinha nenhuma outra alegria a propor-lhes e desconfiava que ao casal de velhos moradores da casa número 2 a gritaria já tivesse dado nos nervos, atacado, como se costuma dizer. Agarre-o, agarre-o, gritava o moleque do vizinho da frente, criado por uma avó cardíaca, e não – agarre ele –, conforme gritavam as outras crianças. De fato, a portinhola da casa número 2 abriu-se seca e seca e cortante foi a voz da dona Sophia, reclamando dos gritos. Velhice é a intolerância de quem não pode ter mais ilusão. A ilusão é tudo, dizia quem, mesmo? Um dos tantos escritores que deveria ler, se me sobrasse tempo, ou melhor, resistência física. Recolhi as crianças a custo e tive uma ideia. Vou levá-las à colônia de férias daqueles checos, aonde levei Macro há séculos, quando tinha a idade da mais velha, pensei. Será que ainda existe? Sim, informou-me o Google. E gerida pelo pai viúvo e pelo filho, Pollo.

À colônia, pensão, ou hotel reformado, no fundo do vale, chegamos às nove da noite. O dono devia estar bem velho, agora. Eu tinha algumas panelas sobressalentes e resolvera juntá-las e levá-las às mocinhas que nos receberam no jardim e que iam cuidar das crianças. Adoro dar presentes. A panela mais nova ficou com Brigitte, alemã magrela, que agora trabalhava como monitora e futura dona, namorada do filho, explicou-me o guarda. Deduzi que estaria em boas mãos.

Pollo, o filho do dono que eu conhecera moleque, veio nos receber à porta e se esforçou para agradar, enquanto as crianças iam confraternizar com as outras e ele me acompanhava pelos cômodos. Veja aqui – e apontava para o painel da sala de estar que havia montado com visível esforço e que, a meu ver, era bonito e de bom gosto, apesar de que os peritos pudessem achar que era uma cópia de Pollock. Veja lá – disse-me quando chegamos ao refeitório, e apontava com sua mão nervosa como se fosse uma seta, veja a obra que eu fiz quando era estudante, e que apresentei com um exórdio, que não quiseram aceitar na Bienal por acharem que era uma cópia, e eu olhei e achei que era bonita e de bom gosto, apesar dos conhecedores puderem ter lido Guernica onde li Giovana e terem dito, soletrou-me ele: "Engana bem. Técnica o expositor tem, mas falta-lhe gênio criativo: é uma cópia de Vedova, e o exórdio gravado que a acompanha nada tem a ver."

As meninas corriam alvoroçadas no gramado quando Brigitte apareceu com minha panela nova suja de leite requentado na mão e eu pensei – Brigitte me enganou. Essa panela suja para quê? onde está o esmero, onde está o capricho? Esqueceu dele ou o usa só para proveito próprio? Mascarada. E naquele momento arrependi-me de ter dado a panela para ela. Pollo foi atender outros possíveis hóspedes na entrada, a pedido de Brigitte, e me deixou, fazendo-me o sinal para que entrasse no cômodo ao lado. Ouvi fortes ruídos vindos da porta onde devia funcionar a administração, conforme dizia a tabuleta. Entrei com certa curiosidade pensando em cumprimentar o velho dono, caso estivesse lá. Depois de tanto tempo – pensei – como estará ele? A desculpa de minha intromissão era a de que eu viera pagar nossa estada de antemão, se fosse o previsto. Ele, de fato, estava lá, entretido, todo branco, encolhido numa poltrona, e parecia deliciar-se com os sons vindos do gravador, sem se incomodar com o volume: sibilantes, chiantes eram ali amplificadas a ponto de produzirem um ruído ensurdecedor. Seriam parte do exórdio que Pollo usara para apresentar sua obra na Bienal? Seria que o velho não ouve bem?

– Sapatos italianos? Ele me disse, tão logo entrei pisando devagarinho, que meu ruído não atrapalhasse sua audição. – Deveriam ser checos, são os melhores.

TUDO O QUE VEM DO MAR...

Você não sabe como é difícil para mim voltar a esta questão. Lembra-se aquela tarde de que lhe falei? Fui até a loja da italiana, com o Joaozinho. O menino é enjoado e não havia sapatos que lhe servissem. Entre uma troca e outra, e – finalmente – a compra. De repente, senti uma vontade de comprar alguma coisa para mim também. Mas uma vontade peremptória, daquelas de deixar a gente órfã, de boca seca, como um afogado.

Aí perguntei à mulher se não tinha alguma coisa vinda do mar, para decorar a casa de praia, de coral, por exemplo. A loja dela era como essas lojinhas de província que existiam em certas regiões da Itália. Uma vitrine de renda de organdis onde você encontra de tudo, desde os chapéus de Mme. B. até as munições das brigadas. E no retro há uma taverna, onde servem marido e filhos. Ela foi até a vitrine, sem responder nem sim nem não e voltou de lá com uma peça encaixada em outra que era exatamente a que eu poderia ter sonhado, de tão maravilhosamente irreal: ganhava até do cisne de madrepérola que eu havia recebido do Gomero queira-me bem-queira-me bem, que ele havia herdado, geração após geração, da tia dele, baronesa. Não resisti, mesmo quando ela falou o preço. Calculei mentalmente que se dividisse o montante em quatro prestações e contasse com a restituição do imposto de renda, poderia até conseguir me aguentar.

A irresponsabilidade da gente é às vezes doentia. Carências que vêm à tona, grandes buracos que se tenta tapar com a poeira dos objetos.

Pus a peça na bolsa com grande cuidado, já suando de aflição por algo confuso que se preparava para tomar conta de mim.

Primeiro foi o gato, a gente pensando que fosse sarna, até a médica, Açucena, que fez curso na Inglaterra, insistir que era uma doença danada de disfarçada e a gente passando enxofre dia e noite e nada, que será que era, meu deus, e devia ser coisa forte pois o coitadinho até rolava no chão de tanta coceira, parecia ter um ataque. No fim, foi a pomada de algas marinhas que Açucena deu que salvou o coitado.

Depois, foi o menino que começou a queixar-se da coceira na barriga. Pra ter alergia não há como esse menino. Todo mundo achou que fosse um surto de catapora e o diabo não passava e o pintinho dele, coitado, ardendo de tão grande que nem com água gelada não conseguia murchar.

Levei ele correndo pra farmácia do seu João, que é quase nosso parente de tão amigo velho e ele logo falou, quando suspenderam a camiseta e a mancha vermelha apareceu: — "Isso é piga, precisam levá-lo a um médico especialista".

Olhava a mancha vermelha se alastrando por igual, sem nuances nem pontos mais claros na periferia tentando entender se o seu João dissera piga mesmo, ou seria pulga? Mas o que importava o nome se a mancha agora ia se parecendo cada vez mais com aquela dos morangos, que o adido tinha na face, e o jantar que temos hoje à noite, o quê que eu vou fazer com os convidados? Não tenho tranquilidade de espírito, a barriga está pesada como quando tive filho e a cabeça explode em imagens de gatos malhados que não sei de quem são e o jardim está cheio deles e eles estão no cio, que nojo que eu fiquei de gatos e essa porra toda, o quê que eu faço agora? No fim, foi a mesma pomada de algas marinhas que a Açucena deu que salvou o coitado.

Mas e o Amor, será que para os males do amor não existe algo, como a pomada da Açucena, vinda do mar? Amor? Ou será o sexo a faca que corta dos dois gumes? Amizade é faca cega. Só corta a custo. Pena que seja a do Amor, a faca que corta apenas de um gume só.

O PONTO

Que crime a Teresinha me acordar bem na hora em que o ponto, a cabeça coberta por um pano branco, lia-me o artigo, na sua estranha voz cantada, de romeno, e eu acompanhando pelo texto achava incrível ouvir tudo tão claramente e não conseguir entender absolutamente nada.

Às vezes o ponto parava e com um sussurro tímido informava-se se estava se tratando do artigo certo, aí eu ouvia com mais atenção e continuava completamente alheia a qualquer simulacro de conteúdo. A não ser o gesto em si, a fala, o som, o olhar sombreado e eu assentindo com a cabeça: aprovado, aprovado, aprovado.

Eu fora deitar com um alarmante sentimento de desperdício: será que eu mesma cortei-lhe as chances, será que, será que, mas após adormecer desfilaram rotativas em meus olhos, cenas de frustrações pungentes, tudo terminando com o quadro do pastor mordendo a tartaruga, afundando os dentes na barriga ainda mole e a tartaruga ofegando como um pato e eu senti nessa hora que a tartaruga conta mais na minha vida de agora, me emociona, você me entende, mais do que você.

Aí de repente me lembrei daquele encontro que havíamos marcado, só que o filme que você queria assistir eu já tinha assistido e então, na entrada, nós nos separamos nas duas salas e quando saímos fomos para a cama, mas aí também nós nos separamos porque ficava entre nós aquela magra e espinhosa que te esperava no apartamento. Você dormiu e eu saí à procura de um café. Deu-me uma vontade doida de tomar café num bar, mas já estavam passando esguicho, por que será que nesta cidade os bares são tão imundos? Não achei café e não achei mais o carro, não sei como esqueço onde estaciono e fui a pé, tonta, pelas ruas até chegar ao prédio. O elevador de aço completamente deserto. Subo ou não subo?

REALMENTE

Remexi na bolsa, o eterno cigarro, a carta que carrego desde sempre onde você me diz: só fico pensando em você e a resposta que lhe dei daquela vez, você se lembra? É sempre a mesma. Não adianta forçar a natureza. Daí, depois, talvez mais e certamente mais longamente do que tragicamente dói, agora. A mão arrepiada acaricia a placa do elevador. Metal duro este, frio, inóspito, desumano, que lugar estranho, morar aqui com uma mulher cheia de nadas, cheia de espinhas e não ter coragem de largá-la... será que é falta de coragem mesmo que se chama isso, culpa, moral, que laços serão esses que o retém, e eu odeio esta mulher, esta parasita no cio que não pare e não trabalha e o que será que faz para mantê-lo assim ou o que será que ela fez? Não sei, não quero mais saber de mentiras, de promessas tão lindas, maravilhosas, e você tão fraco, sem caráter, sempre a mesma coisa, chega. Aí senti que alguma coisa tinha quebrado dentro de mim, alguma coisa seca entre o estômago e a garganta e quando não consegui engolir, quando cheguei em casa a pé, as ruas desertas, amanhã vou pensar onde deixei o carro, agora quero é me deitar e esconder a cabeça bem escondida embaixo do travesseiro e foi assim que adormeci e sonhei que alguém me levava numa horta onde tinha peras e maçãs, mas peras amarelas, quantas, e era uma fartura tão farta que meus olhos riam só de olhar e que, depois, a casa onde finalmente cheguei pisando no chão vermelho e senti que aquela era minha casa, aquela era realmente a minha casa.

O GATO

Eu também não estou boa conforme o gato, o cão, o sapo. Terei que confrontar-me com estas dores, conforme as velhas loucas da clínica aqui ao lado com seus pelos brancos aparecendo pelas coxas a quem as olha de baixo. O gato espirra após passar a tarde estirado ao sol, o cão encosta sua bochecha úmida na pedra da soleira e não ousa entrar, o sapo chia maninha, será que está com frio? Eu vejo você sentado na cadeira de rodas, os pés naquele chinelo de pano fechado com zíper, o joanete tão antiestético como o próprio chinelo, nunca havia percebido que seus pés são pequenos e tortos e que você está sentado perto da mesa onde se desenrola o jantar. Fiz tanta força para me desiludir de você e agora que consegui não sei por que você insiste em aparecer. O pai conta uma história infantil e as crianças gostam. A casinha do coelho está toda iluminada, e as crianças gostam. Deve ter trabalhado tanto para conseguir este efeito, ainda bem que as crianças gostaram. Dou uma rápida olhada para os seus pés, vai ser difícil embarcá-lo, penso, se bem que uma cadeira de rodas no aeroporto sempre causa solidariedade. Espere um pouco, a Arlete está aí, vamos falar de Gógol. A ironia contra o senso comum das coisas. A incontinência urinária da velhice, ou a incontinência bucal. O biologismo deprime a ponto de sair gritando por aí, no entanto, nossos melhores momentos dependem do estado desse corpo tão subentendido. O gato espirra, dou-lhe um pisão sem querer, desculpe, não havia reparado. Vamos, então, embrião do que foras: a pena de te ver assim reduzido: um pouco como o Lvov de Tchéchov. "Sou um homem honesto!". Que saco, o cara. E daí? Mais vale um puto de um safado, mas que não canse a beleza, do que tantas qualificações prolixas. Quer perversão, o encanto. Dura, conquanto que a moral não comece a estragar tudo com os seus como. E foi isso mesmo, hein, não saiu como eu queria. O que estava presente: pano branco, pinto, *privacy*... mas quando começa a dar aquele cansaço não há tesão que aguente. Um instante e pronto, a ilusão foi-se para nunca mais.

VEREDICTOS

Interpretação como meditação do sentido ou exercício da suspeita?

A alucinação como aspecto típico da sociedade moderna: TV, cinema, Internet.

A tradução de pensamentos abstratos em imagens plástica é condição fundamental da eficácia psicológica, pois oferece a aparência da vida concreta sem fornecer sua experiência; disto depende seu fascínio e a frustração que gera. A abolição da negação e de qualquer forma de contraste tem a tarefa de conceder à alternativa uma possibilidade de manifestação social, com a condição que ela não apareça como tal, mas aceite permanecer ao lado daquilo ao qual se opõe. Como na sociedade espetacular, a alternativa ou/ou nunca pode vir expressa no sonho. Ambos são ecléticos e geralmente se esquivam da metafísica.

Símbolo: também é difundido na sociedade espetacular. Ele garante um desvio entre significante e significado que gera um interesse e uma expectativa: nele, todavia, os dois termos permanecem ligados por uma relação fixa, dotada de validade universal, cuja natureza não é metafísica, mas sim psicológica. Como o sonho, a *mise en scène* social oscila entre a inibição do afeto e a sua exasperação. O que caracteriza esses pseudoconflitos é a desproporção entre a quantidade de energia psíquica mobilizada e o caráter secundário e acessório da questão debatida: exagero delirante de sua identidade.

DISFARCES

Foi planejado que eu iria entrando pela porta lateral bem de mansinho, pois a visita devia manter-se se não no anonimato, ao menos nos limites da discrição. Isso porque a personagem era importante e se encontrava no país extraoficialmente, algo como os políticos que chegavam de avião, ou de favor. Entretanto chegaria e iria entrando e se misturando logo com parentes e amigos. Só que eu sempre tenho que partir nessa hora e me atraso, e o avião que iria tomar só chegaria ao destino se fosse pontual e eu já sei que ele nunca o é, e durante a viagem me aflijo porque já sei que a pessoa vital da qual vou ao encontro já não estará mais lá, inclusive, pelo meu atraso, mas eventualmente porque ela já não estava lá nem antes: é por isso que eu me atraso tanto, para não ter a desilusão de ver que o que eu espero não existe mesmo, é apenas fruto da protelação desta ilusão prepotente que não quer morrer e se disfarça apenas, e continuamente, em desencontro, atraso. E assim, adiando o realmente importante, vou visitando os escritórios do novo inquilino e descubro que, na verdade, sua vida não é tão terrível como insisto em imaginar, fala apenas uma língua diferente da minha, trutas e eu entendo trocas, banda e eu entendo bomba e assim eu digo, por que será que tenho que viver envolvida por esta gente, não quero ir à *première* não quero e sou forçada, deus é testemunha, o balé me enerva, a música é milonga e os gatos se esfregando na gente dão-me aflição, e assim mesmo atraso, e assim mesmo vou.

EXPLICAÇÕES

E assim, neste muro sem profundidade, fico eu a pensar no quê, meu?

As doutrinas se equivalem. Talvez, as religiões, querias dizer...

De concreto resta o encanador mecânico e a invasão do prédio do CRUSP.

Talvez o relato de pessoas simples possa redimir, na sua eficácia, a monotonia do pensamento inerte. E ao mesmo tempo, a ação que é prazer, resgate uma atitude. De resto, a sensação do sol batendo na pedra, o ar saturado de umidade finalmente respirável, o interesse cada vez menor que se passa a sentir por um filho pouco inteligente (não o meu, claro, o dos outros).

E assim, a indecisão galopante é a que mata: em tudo, por tudo pensar, ponderar para não agir.

Bloch – dia 24 às dezessete horas.

Encanador – quebrar o granito não: falta-lhe a chave adequada.

Adido: dificuldades insuperáveis não: falta-lhe a boa vontade.

Eu: quando tem tempo não tem disposição e vice-versa.

RELATOS

"Olha aí, sabe qual é minha última vontade? Ter uma morte revolucionária. Sempre presenciei coisas maiores do que eu. Como não ser feliz?

Contatos com revolucionários, Delgado no Peru, Castillo em Guatemala, um certo revolucionário daqui do qual não vou dizer o nome, recebi um quadro naif em língua "Chê": vai-se um dos nossos. Sabe o que fiz pelos índios? Salvei dezenas de vidas, d e z e n a s d e v i d a s.

Uma aspirina às vezes para os índios sabe o que significa, não?

Uma vez, no Líbano, não, Beirute? De um lado, cristãos, do outro lado muçulmanos, no meio, o rio. Pois bem, uma vez fomos de carro para o lado cristão, veja bem, quando um cristão vem para o lado árabe ninguém toca nele, no nosso carro estavam eu, Dominique, o encarregado da embaixada, e o rapaz. Na fronteira pediram as identidades, os mitras apontados, viram o rapaz, quiseram ficar com ele. Sabe o que fazem, não? Não atiram não, degolam: zak! Na hora. Pois bem, sorrisos, toques, cigarros especiais, no fim deixaram ele ir.

O cara fala tanto, mas não dá tesão nenhum, por que será? Lembro-me aquela noite no acampamento onde estava abrigado com a família de Emilice, e numa certa hora resolvi que sabia traduzir do alemão e pedi ao E. que viesse até o quarto me dizer se cabia ou não um artigo. Diante daquelas palavras eu achava que não, mas podia estar precisando do parecer de um especialista e enquanto ele se inclinava para ler sentia em meu ouvido sua respiração ofegante e nessa hora me desmilingui toda por dentro, que coisa louca você ter tesão por alguém, mesmo que não aconteça nada, mesmo que ser digna não signifique ser soberba, sensível sentimental ou, como era mesmo, a fragilidade, a fraqueza. Caramba, que palavras, palavras de primeira da classe de colégio classe A, impoluta em sua honra, intocável em seus brios, cônscia de suas qualidades.

FALTA NOME

Você viu? Basta Tolstói que é literato dizer uma frase para subverter todo um relacionamento entre dois seres que convivem em união conjugal. Uma simples impressão não desfeita, não explicada. Falta de maturidade de ao menos um dos cônjuges? Que se disponha a ser pai ou mãe e deixe passar, não releve, desconte, esqueça e passe a bola pra frente. O ideal é ser mãe amantíssima, mas ao mesmo tempo é desistir da possível maturação do outro cônjuge. Alguém tapado e dado definitivamente como tal. "Ele é assim e que assim seja. Gosto dele apesar disso. Faz parte de meu ninho, de minha rotina meteorológica. Estarei a esperar o momento em que volte e se enterneça por mim". Só que... só que... isso se torna um ciclo estéril, já que previsível. Não apenas o momento meteorológico faz-se raro, mas torna-se pesado o trato, flagrante a desconsideração, já cômodo hábito, o mau-humor.

Não é ódio nem raiva o que sente o relegado, tristeza cansada, mas nem sempre remissiva. Reconheço agora, apesar do pouco peso que me acostumei sempre a dar a minhas reações, que chorei lágrimas quentes de desfeita, sonhei vinganças amargas, mutilei o amor verdadeiro que sentia até anestesiá-lo e reservá-lo aos raros momentos de bom tempo. Já não estão mais aquecendo estes e outros instantes: estou me acostumando à solidão.

Talvez consiga admitir uma vida solitária – a que levo não preenche tanto assim.

Passado o furacão do cio, que diálogo resta se não há palavras?

Estarei novamente pintando o diabo mais feio do que ele é para encontrar forças agora, não para suportar a justificativa? Não creio. Não é um diabo mais feio, posto que é um diabo igual. Jamais depender dos outros: é o lema dele, quem sabe aos poucos passe a ser o meu também.

BLASFÊMIAS

Não há menor dúvida – dizia-me a mulher da lojinha que, em vista da procura obsessiva, vendia só jeans no andar de cima – este é um falso.

Comparava a etiqueta, verificava a trama, sacudia a cabeça. Está provado, repetia eu para a Lorena, é um falso. Razão a mais para provocar o escândalo e ter o direito do seu lado. O cara é um aproveitador, não perdes nada em deixá-lo, tanto mais que te come três vezes ao dia, não sei como o aguentas. O cara fazia-se passar por príncipe árabe. Talvez fosse, mas vem cá, o que significa ser príncipe árabe hoje em dia?

Dinheiro, fedor, violência, banha e oleosidade. Lorena fazia que sim com a cabeça, mas sentia que, no seu íntimo, não estava convencida. Ou melhor, talvez estivesse, apenas não tinha como sair-se dessas malhas. “A etiqueta é um indício, por aí você começa a puxar. É só o começo, depois vai ver, tudo se solta sozinho”. Fácil dizer. Ménage não é literatura em que basta captar o princípio que confere absoluta unidade à experiência. Aqui tudo se sobrepõe, se mistura, o princípio é a inércia, você quer saber, inércia pesada e balofa. Instituições intelectuais: isto serve para um ensaio, não para a vida, a vida do corpo, a vida das necessidades materiais de cujo atendimento dependemos mais, muito mais do que das “necessidades” espirituais. Que espero eu? O espírito, isso mesmo, que seja ele a esperar o acaso feliz. Eu cá vou-me entortando com o trivial mesmo. Vê a nossa casa? A gente entra pelo alto assim, do telhado. Dá uma espiada, que casa hein! Barco à porta, clube privativo, desenho estilizado, murtas no jardim, e não é pelo status, não: eu já não saberia viver sem este azul, sem este adocicado, sem este sol que entra pelas frestas e ilumina minha total disponibilidade. Ele vem, deita sobre mim sofregamente, baba, resfolega e se vai. Já me acostumei a isso também, você acredita? Seria capaz de sentir falta. E depois me ocupo com tantos detalhes: o bordado da cortina, o licor de alcaçuz, o lustro dos móveis, a franja do tapete, como se fosse uma freira num convento. Só que, meu deus, é palpável a sua presença, me invade e eu me basto com estas carnes, estes humores, ou melhor, é ele que se basta.

Sou-lhe até grata, você acredita? Quem experimentou os prazeres da vida fácil não volta atrás, não se iluda. Afirmar-me como pessoa? Como ser humano? Para quê, quer me dizer para quê haveria de voltar a ser igual a milhares de coitados que começam sua lutazinha em nome de valores fajutos, você sabe muito bem que são apenas aparentes, sua casinha, a prestação, a faculdade que não dá nem tempo de fruir, de tanta corrida, tanta canseira, o primeiro filho, aí se vai o amor por água abaixo e o princípio, o princípio de que tanto se fala acaba se invertendo. Desprezam-se os ricos, aparentemente, mas vai ver se algum destes teus seres humanos deixaria de trocar de lugar com eles, se desse jeito? A maioria. Pois bem, estou na maioria, apenas me adiantei e já gozo desses bens sem ter o trabalho e a angústia de administrá-los.

Fomos jantar no restaurante de cortiça. Presunto cru, caviar de esturjão vermelho. O cara é abominável, nojento, um porco. Mas se ele é bom para ela, admito que ela possa até deliciar-se com seus ventos, em suma, desisto da etiqueta. Quem é que inventou que se podem mudar as pessoas em nome da expiação, em nome do quê mesmo, Dostô, a irmandade, o amor ao próximo, ora vem cá, hoje é duro de acreditar. É de menino que se torce o pepino, é a formação que marca uma pessoa, seus gostos, sua tendência e o amor de fato desabrocha, ou o ódio, ou mesmo o hábito, conquanto haja algo esboçado. De outro modo, nada se faz do nada, a não ser exatamente tudo o que fazem os animais por serem animais.

A RESPOSTA

Talvez a resposta às minhas crises, felizmente rápidas, logo empurradas pelo vento da atividade compulsória se encontre mesmo no bojo do imaginário.

Estes erros de máquina dão um ar de ridículo a algo que neste momento é tão sério, da mesma forma que é ridículo o preço de um telefonema, o custo de uma expectativa deslocada, n vezes frustrada, não por intenção propriamente, talvez pela casualidade caótica da natureza, peremptória e concreta, apenas no que se refere ao instinto primário, por sua vez deslocado em todas as histórias como essa em que o fio condutor é uma impossibilidade dolente de circunstâncias, de atos, propriamente. Se a resposta é esta, a solução é não ter dúvidas que ou independência ou morte. Assumir a própria vontade e relegar o acaso a fugazes lapsos minimamente consequentes: nada de números, de datas, de coisas inutilmente marcadas. O que em outra época seria a causa prima, não passa aqui de um equívoco. Ainda assim, suas adjacências ocupam um lugar por demais considerável – se o instinto e o inconsciente se equivalem, tem razão a natureza em transformar o instinto em causa mortis. O sapo jaz, o canário matou a companheira, o gato já morreu. O cachorro voltou ferido e roto, de nada adianta ampará-lo. Só a castração resolve, mas aí não é mais vida animal. É uma vida semelhante à que acabamos levando, vida de ornamento ou de rapina, só válida nos poucos instantes de paixão ou no processo que leva à sua consecução. Por isto o livro que realmente é lição de vida só pode mesmo visar este momento, o resto é circunlóquio, ou moral cegadora, ou culpa, a sua afilhada demente. A rede é a vida, os peixes somos nós e o que pegamos é para depois soltar, para que outros continuem pegando, continuem soltando.

REVELAÇÕES

"Só usa a razão quem nela incorpora suas paixões". Frase esta que vale o livro todo.

O erro foi este, o pecado: a moral, que sempre lutou contra as paixões e atraiu a razão para a sua cova. Aí é que está a mola da revolução.

Talvez os grandes criminosos a tenham descoberto antes dos outros, ou antes experimentado. Dostoiévski: não é que o criminoso não possa voltar atrás, é que ele não quer. Como a puta não quer mais ser dona de casa, a desquitada casar, a ladra ser honesta... E não é também inércia do estado. É justamente isso: mais congenial à raça humana é uma circunstância em que a razão serve a paixão. Como dizia Benjamin, é a hora em que dois caminhos confluem numa única via. A descoberta é que não é o fatal destino que decide quando e como, a descoberta é que esta dobradinha possa existir antes da circunstância e condicionar seu surgimento.

É o "mau caminho", caramba, o único que ganha. O resto é estéril pastação. Difícil é passar o limiar. De mandante a assassino, de serva a dona, de adúltera a libertina, de subliminar a confesso. Nisso gastam-se gerações. Assim esta noite não sei quando nem como nem porquê chegaste de porteiro da noite e eu te disse, não quero fumo, já não consigo administrar o tanto que se me agita dentro, pra que sair de mim lá para fora, deixe-me concentrar este instante em que posso incorporar-te todo: a barba azulada, a dobra do paletó, o queixo pontudo, o cabelo enrolado, a boca rasgada, os olhos, sobretudo, de menino orgulhoso e nessa noite, sabe, foi a noite em que me apoderei para sempre de você, com todas suas falsetas, suas canalhices, suas inviabilidades. Podes partir agora, a transmutação foi operada.

FILOSOFICES

Eh, a beleza como culto... terá sido isto que li em seu conto, a mulher, ergo a graça? Na verdade, os seres temem o que não lhe é próximo. Temem ou cultuam, sempre os dois polos do maniqueísmo.

Quero saber o que mais há de importante nas teses sobre filosofia da história... fora o nome.

O antro e o requinte suscitam-me o deleite. Assim me insiro, só na contradição: quero que o conjunto não seja fruído por adeptos, mas sim por profanos, a quem me agrego. Meu prazer está no impacto a produzir, não na cultuação. E o impacto, por sua natureza é momentâneo.

Algo como um estranho filme em que, chegando de trem, numa tarde cinzenta com uma futura paciente desconexa e misteriosa, entrevê-se o arame que delimita o hospício. Técnicas adiantadas de ultra percepção e experiências escusas de gerontologia. Medo e culto. Acompanho a paciente e a entrego. À noite, um encontro aparentemente conspiratório, porém sadio no que se refere às práticas estético-racionais, uma espécie de salão de encontro onde além do sexo, ou juntamente com ele, o chamariz é a lucidez do raciocínio.

Encontro pares que, porém, não reagem conforme o estimulado. São pares calados, arredios. Um deles, o do Amauri. No lusco-fusco do ambiente avermelhado, declino ao amigo comum uma reticente informação: possivelmente A. está em luta com sua tendência homossexual, seria uma injustiça extrema, inclusive em relação à mulher estupenda com que vive. Amauri ouve a confidência, está visivelmente chocado, tanto que me beija repetidamente sobre a boca.

Em seguida, alarmado pela informação que se alastra, de uma estranha lepra que consumiria as partes por ele tocadas, tenta assegurar a nós, suas vítimas e algozes que a notícia é falsa. Resta a iminência para mim de perder a boca e a fala.

ANO 3000

Veja você se é possível uma relação destas: passar a manhã num apartamento em que PJ desempenha suas relações conjugais com a Arlinda?

Eu estou sentada do lado da janela, como naqueles filmes da era três mil, em que o amor é sexo controlado etc. e me convenço a mim mesma que isso não é nada, deveras, nada de mais, ele gosta mesmo é de mim, a noite será nossa, a noite, sim. Leio meu livro, procuro não me preocupar, mas algo destoa. Esta história de gostar menos, gostar mais, gostar diferente... como avaliar os laços que ligam a uma outra pessoa? Acompanho a rasa da Arlinda até a rodoviária, com toda urbanidade, sem comentar nada, nem ela, por sinal. Os homens são apenas covardes ou crianças, se bem que as crianças não têm nada de covarde, ou será que é assim mesmo, viver com a consciência carregada de gestos indigestos, olhar de lado e dizer “o que queria que fizesse”?

Ela ainda está ligada a ele, é mais humano deixar que vá se desligando aos poucos, e se ele não se desligar? O resto fica a meu cargo, eu digerir esta panaceia toda em nome de uma relação de nível diferente, e depois, no fundo, tenho certeza que ele gosta dela também, quando a gente desgosta não quer mais ver a pessoa pela frente, é preciso que alguém tenha caráter nessa história, poder dizer, da próxima vez vou calcular melhor constantes e variáveis, como se alguma vez houvessem variáveis favoráveis e não fosse aquela gramação amarga e seca, tudo se acabando no deletério, no melhor dos casos, ou no grotesco, que também os houve. Mas deixemos pra lá.

TEMPO VENCIDO

Fui para o hotel-pensão onde passava a temporada com a senhora minha mãe. Todos dormiam ainda. Já onze horas, e minha palestra marcada justamente para as onze. Maldita aflição esta de estar tão irremediavelmente atrasada e mesmo assim me preparar com todo o cuidado, carinho mesmo, escolher o colar de coral e o vestido parisiense, companheiros de curtas felicidades e longas desgraças, saber que nunca chegarei numa hora plausível, se é que vou chegar, o sol tão quente, os táxis tão raros, o lugar tão fora de mão. Mas preparo-me, rápida, afanada. Um rato solitário rói os restos de comida que o staff do hotel deixou na pia. Que será isso? Pedaços inteiros de comida: pato, mesmo que isso nada signifique, como pode ser? Tem algo errado, como aquela vez da barata preta e do vampiro, lembra como ficou passado quando contei para ele? Resolve ser ele o homem de caráter, disse-me que eu estava por demais ligada a M. e me deixou na mão.

Agora visto minha camiseta no pátio do hotelzinho. E daí que os homens olhem, há homens olhando, mas são homens... e ratos...

Daquela vez em que V. me deixou na mão eu pensei que V. era um quadrado, ou melhor dizendo, um ser estruturado incapaz de labilidades, de riscos, de loucura. E de fato ele era, preferiu sair isento, é mais ou menos o que eu estou sendo agora, se deixar P. na mão. Se deixarei ou não, não sei mesmo: rato, gato, pato, na língua que te fala e na criança estão as raízes das verdades controversas que agitam esta nossa implacável existência.

INFILTRAÇÃO

Encontro a Berenice na sala de espera do Fidélis. A casa é deliciosamente soturna. Vastas cortinas de algodão bruto se inflam como velas, pelo vento. Luz irradia de um lustre de metal, corredores vários, antes de se chegar a ele. Novamente sei que eu sou o atendimento preferido. Longos laços predem-me ao fiel amigo, entretanto causa-me surpresa o comentário de Berenice, ao voltar: "Obtêm-se coisas que a gente nem iria imaginar".

Dá-me a impressão de coisas inesperadas, muito boas e sinto prazer por ela, há muito tempo deixei de invejar alguém (desde quando me dei conta, a meu favor, da diversidade humana), mas também aquela infiltração de pena por mim mesma, que conheço tão bem, por saber que jamais, de um certo ponto para frente, as coisas boas para mim serão inesperadas. É o preço da pertença, que por fidelidade a si própria, exclui surpresas. Dura e inclemente esta dualidade: por um lado a pertença, por outra a consciência do valor. Debato-me entre as consequências, uma da outra, e fora delas só vislumbro o terceiro elemento, o vazio. Talvez entenda agora o irmão da Lídia: "*que ganas tienes de bibir*", quem me dera pudesse voltar a tê-las, irmão da Lídia, quem me dera.

DE REPENTE

Na volta, o alfa cinza, a aula às sete. De repente largo o alfa, largo a aula, sempre pensando chegar logo quando irá demorar horas eternas, e vou atrás da bicicleta que estava estacionada numa rua sem nome. Subo e dobro a esquina. A paisagem tão linda e colorida faz-me acudir o pensamento "vir namorar aqui". Tão perto da vida e tão *desconocido.*

Regalo-me um instante, mas aciono novamente os pedais: a aula, o alfa.

Só que para voltar preciso atravessar o prédio escuro, algo como as escolas Bettolo de boa fama e má presença. Subo escadas carregando a bicicleta e encontro-me num velho mezanino iluminado pelos últimos clarões da tarde, onde vendem livros usados. Paro, olho, é o jovem filho de Ezequiel que me faz entender não ser preciso comprar a vida dos filósofos, apenas que o meu interesse obsequie o velho tio (um nome como exéquias). Quisera, velho tio, que ainda guarda gratidão à vida pelas saudações de uma moça já passada, quisera agradá-lo e agradecê-lo por esta ilusão que permanece acesa. Conte-me apenas onde foi capaz de resguardá-la durante tanto tempo e soube não apagá-la, ao contrário de mim que tanto fiz para tanto e consegui. Você vê sua bicicleta, é como se me dissesse o tio, ajudando-me a descer pela escadinha, é só tirar esta lingueta e ela corre, mais veloz que o alfa. Fácil de estacionar, de carregar, de brecar, de tudo. E você também fez de tudo para reencontrá-la, para resguardá-la, para descobrir seu segredo. É a mesma coisa. Tio, por favor, o que representa a bicicleta? Uma promessa feita outrora, diga se é isso, a lembrança melhor, diga se é isso, e isso basta para uma vida, velho tio? Não me deixe assim, e o carro? E a aula?

Viver de memórias então, já que o presente está empenhado e o futuro é a mera consequência do presente. Que seja a memória então, inoculada em minha fantasia, que crie e procrie suas magnificências passadas. Não sonharei mais com o pato e o rato, tudo estará conforme o imaginário e o real será mera contingência. E algo como exéquias, tio Ezequiel, algo tão cruel e generoso como um cogumelo que cresce e prolifera à sombra, entre formigas, mas que desmorona à luz do sol, que por sinal, detesto. Será que o "apenas isto" tenha que crescer tanto a ponto de me ser de inspiração grandiosa? Isto satisfaz melhor minha exigência do que não faria o condicionar-me a metros de outrem: abrir-me em copas para quem tem o entendimento atravessado por lingueta. Lingueta, de novo, será esta porventura, real e agora, a bicicleta, em lugar da outra irreal, imaginária, de um ontem que só poderá ser hoje por alucinação? As palavras novamente têm verdades que a razão não atina.

SILHUETAS

Era noite lusca-fusca, daquelas de bairro de Sardenha. Uma porção de potes no chão, madeira entalhada, estranhos objetos sem vida pra inglês ver. O que adianta saber que este assobio é usado contra o mau-olhado, quem sabe para conciliar espíritos, dentro de algumas tradições folclóricas mais remotas e vividas: agora está tudo inerte. Deixaram os objetos de pertencer a seu habitat nativo. Nem museu não é, nem túmulo oficial onde ao menos existe a assepsia, plaquetas douradas, campânulas e colunas de granito a nobilitar a atmosfera. Existe poeira descolorida do chão fumacento, a moça de unhas vermelhas, vendedora, à espera de algum animal que compre ou trepe. Bolsas de corda penduradas, chapéus, óculos, correntinhas de ouro, aqui também. Algum velho sonolento à espera do jantar, vinho que entorpeça este dia útil e totalmente oco. A igreja em frente à loja está fechada. Sempre há lá larápios miúdos, ninguém mais acredita, para quê? Do outro lado da costa, o porto dos ricos.

A loja é butique de hotel. A balconista tem unhas cuidadas, de esmalte verde que cintila. Não fala com as madames que alisam os cashmeres e discutem no espelho o tamanho do salto, talvez com os maridos que estão soltos na convenção: basta telefonar no quarto e subir de cabelo solto e uma gota de *nuit blanche*. Há uma bata típica na loja, camisa dos *turiddus* de campanha, com campainhas douradas, cinto e tudo. Evoca paixões ciumentas, facadas rubras, outros tempos, outros antros. Aqui, apenas iates milionários boiam no ancoradouro imóvel. Algum marinheiro improvisado ouve o futebol no rádio. No campo circunstante agricultores-motoristas de tratores agrícolas afofam nuvem de adubo químico em volta de cabeças de alcachofra. Apenas as giestas ainda se agarram às pedras que ladeiam o asfalto e moitas de zibizi inebriam com seu aroma adocicado e zunem cigarras, seu estertor. Esta, Sardinia, hoje, turista *style*. Entretanto, a velha Olga Riner insiste em sua perspectiva. A noite calou, e com ela, as silhuetas agora se confundem, perfil velho da igreja, lojinha fechada da qual sobrevive o portão de lenho tosco, entalhado em teias de aranha.

A cadeira vazia, na qual sentava o velho, agora parece parte da paisagem.

Espaços apenas, sem luzes implacáveis, apenas cenários, bastidores.

Aí se desenrola o eterno drama, que tem o encanto do eterno, apenas isso.

Aparentemente, incinerada por algum olhar de mosca, (as moscas também dormem, agora) não passaria de uma crônica de lixo: “Velha endinheirada chafurda no aliciamento da jovem balconista” agora, assume uma grandeza de sombra, rato que rói a realidade do inútil e passa a um leve ciciar de um cio intenso que ainda vive e se alastra por sobre coisas mortas.

A velha Olga transfunde à companheira coisas passadas, que tiveram sua vida.

Dela retém a sensação da carne jovem, o branco da nuca, o brilho dos cabelos.

A língua vigorosa custou duzentas notas, mas nada custa o bastante, nessas horas. O que sinto, ouvinte clandestina destas confidências?

Velha, não tem por que tanto se agastar. Soubeste escolher o momento do teu gozo, que ele permaneça em ti com suas dádivas de recordação.

Transgrediste todas as leis da moralidade vigente, estás fora de qualquer lei. Foge. Foge da manhã que chega. Não volte a estes lugares que estão prenhes de vingança. Para que descobrir agora que a volúpia de tuas mãos fede a comércios reiterados, que a boca cospe em escarros de exportação, o resto de tua saliva sacrílega e seus olhos baços vão desviar o foco injetado dos teus com total e completo desinteresse: nada existiu que tenha a mínima importância. Volte para teu velho apartamento de antiquária na avenida garrida. Ali, entre pedras, telas, potes no chão, entrega-te à sonoterapia. Esquecer tudo, tudo, e voltar aos poucos aos escombros do real onde hão de boiar ilhas de mistério, joias de teu passado, joias, se fores capaz de não revelar e de não ter medo do prazer que tiveste, que morra contigo mais este pecado que nada custou a ninguém, a não ser a ti, duzentas notas.

MENOS

Agora me vem você com essa conversa de gosto decadente.

Pô, a moça era puta, não era aliciamento. Sabe o que é ser puta? No começo, claro, que depois tudo se anestesia. Ao menos esta velha a a m o u, no âmago da noite, e quer me dizer, ao limite, que diferença faz se era velho ou velha, padre ou gay, ou que sei eu. Claro, concordo, há puta e puta.

As coitadas, as que gostam, as sem vergonha... resta o fato que elas se propõem, são prostitutas, que seja, mas, enfim, são exatamente instrumentos.

Este amor não te agrada, ou melhor, engasga em tua garganta moralizada.

Tá bem, sei que prefere os das moças da praia limpas, decentinhas, que te sacodem com carinho em suas bucetas perfumadas. É um sexo que não dói, concordo, que suaviza um pouco mais do que a loura lâmina de barbear, concordo, apenas não sei se o efeito da lâmina não é o que dura mais.

Qual é a tua que não estou a entender. Você acha que aí está a vida, nesta fudição suavizada à luz da praia, ao som do samba, a barriga cheia do molho à florentina. Entre ti e meu gato, deus o acolha, nem enterrá-lo eu pude que o cachorro, aí sim o instinto é soberano, foi logo fuçar, entre tuas moças e as gatas não há diferença inteligível.

Sabe o que eu te digo? Isso também é morte. E uma morte ainda pior, pois se disfarça de vida.

Prefiro o velho bêbado, a cigarra esturricada e mais, a velha, à noite, o delírio, a fossa negra.

Qual é, agora? Não gostou? Sempre abominei qualquer tipo de autoridade sobre mim. Es importante, mas não indispensável. Fico na minha, estás entendendo?

Este é o fim de quem não manera. Garantias não há, meu. Tudo pode ser ou não ser. De preferência não ser, ou só sendo por cochilo, por envolvimento.

Nunca encoste ninguém na parede. A sedução tem suas leis milenares. Devia tê-las absorvido com o leite de tuas antepassadas.

E QUANDO O SAPO CHIA

Às sete horas em ponto chegou a Verinha, de cabelo curto e guarda-chuva.

– Vim para a aula de tradução. Havia sido uma oferta brincalhona de Rogério, de passagem entre um e outro hemisfério, telex e xerox e não sei o que mais. Ele sorriu jogando a carteira sobre a cama, por via de dúvidas escondi-a embaixo do lençol. E agora? E agora darei a aula de tradução para a sua aluninha. Riu.

Mal sabe ele o que o espera.

A pobre não entende o que traduz. Não entende, não pesquisa, não domina nem a língua um, nem a língua dois.

E eu não tenho coragem de desligá-la.

– Bem, bem, bem. O que tinha que fazer eu fiz. Disse tudo o que achava. Pus para fora, mesmo. É mais ou menos como quando você quer largar de fumar. Tem horas que te dá uma vontade louca. Está inoculado. Se tiver um cigarro à solta, o negócio é fumar e pronto. Caso contrário, ou seja, quando se trata de cultivar o hábito, é preciso ver os inconvenientes que acarreta. A cabeça pesada, respiração opressa, cansaço, prenhez sem plenitude nenhuma. A raiva por não ter podido resistir. Faltam no caso do cigarro, a cota humilhante da oferta, uma vez que a procura, hoje, está embastardada pelo excesso.

Vontade deu. Mas não tinha cigarro por perto. A crise já passou. Agora é diminuir a dose aos poucos, até o organismo se desacostumar.

Será que ela vai aceitar meu desligamento?

Será que há compensações na vida dela?

Será que há alternativas?

Que aula será essa que ele vai dar?

Em que língua será?

BACILOS

– Escuta, digo à secretária – o que é isto aqui? – Vocês não percebem que quando o barro secar haverá bacilos coli misturados com a areia?

As crianças brincam, e se puserem a mão à boca? Está certo que nós pomos, vós pondes, eles põem em cada lugar que não te digo nada, mas é o mínimo do cuidado que se pode esperar...

– Fale com seu Alpha. Ele é a pessoa indicada.

Sento-me na saleta em frente, à espera. Em cima do cofre, as infalíveis jiboias que se contorcem tristemente na sua miniatura. Uma vela de Natal, um estojo de lápis, uma caixa de bolachas caseiras. Escondido lá no fundo, um copo sujo de escovinhas de dentes. Vai ser familiar assim..., penso eu, enquanto espalho meus pacotes por cima do sofá. Estavam numa caixa de papelão, dessas de Omo, e agora que os retirei parecem tantos... Vai chegando mais gente, sentam-se no sofá, os embrulhos incomodam... De repente vai me dando um desfastio, um nojo físico mesmo de atmosfera familiar, de tanto pacote que fico eternamente carregando, por que será mesmo? Um meio de preencher o tempo cumulativamente, de preencher aquele vazio moral ao qual condena o cotidiano, ao qual condena a ausência daquilo mesmo que é senso, plenitude, causa e fim?

A tarde vai caindo, porém, e nada do seu Alpha.

Levantei-me na ponta dos pés e por entre a mureta da esquina vislumbrei os postes de luz que pareciam ao neon, mas vistos assim, em perspectiva, eram mágicos quase, e eu gostei muito deles, mas gostei mesmo, pois agora sei o que é que está faltando no arremate, o que vai dar sentido a tudo o que é disperso.

KINDERGARTEN

Voltamos de férias cheios de pacotes. Tanta roupa que se pensara usar, tantos petrechos que fazem parte do nosso inócuo cotidiano, está vendo? E como sempre esquecemos pijamas, capas, camisetas várias. Em se tratando de nós mulheres e crianças, sem homens, portanto, mansos ou arredios que se importassem com a volta prolongada, resolvemos voltar à casa que nos hospedara, mesmo que agora a família a estivesse ocupando, e retirar o que era nosso. A casa estava aberta, a luz acesa sobre a cama posta, algo de velado e vermelho. Atmosfera tão diferente da que havíamos deixado.

Recolhemos as roupas, as crianças com tanto sono, nós também, fui vestindo meu macacão de algodão, juntando tudo para voltar ao carro. Ah, já estão chegando – é que viemos buscar nossas roupas... digo, sem pretensão nenhuma de me justificar, apenas... só que os olhos de dona Teresinha não largam meu pijama. Será meu mesmo? Agora não tenho mais certeza... e se for deles? Dona Teresa entra e me deixa, felizmente, com as crianças, sozinha no portão.

– Você já leu a poesia de Lu? – Ora, penso ressabiada, que Lu é esta, e que poesia ela pretende que eu tenha lido, como se meu tempo precioso, é mesmo... o tempo que eu gasto que tu gastas que eles gastam, o seu papo furado a noite inteira quando o que importa realmente é o contato, que desaparece, *et pour cause*, quero dizer, e eu me encontro aqui agora cheia de pacotes, de farelos e de melancolias. Enfrentar este momento pela frente, não como causa sui, mas como único momento de verdade, de comunicação real, de forma de simpatia.

Fui levar as crianças à escola, tão renomada por ser de ambiência familiar. A mesma do ano passado. Tudo se passa como numa grande *Maison des pères, les yeux heureux qui brillent*. Só que perto da secretaria há dois canos de esgoto vazando.

NELSON RODRIGUES

Sabe né, fica um pouco difícil de dizer, todos aqueles xaxins que plantávamos em nossa casa, e após a viagem ao exterior começavam a chegar pacotes de estranhos livros, e ninguém sabia o que era aquilo. As teses de Marialva, o marialvismo, um ajuste de contas com a alta burguesia. E parece que não se cuidaram, pois houve a revolução. Reacionários, ainda por cima.

Mas de peregrinação em peregrinação (o povo não lê "O Delfim") fui visitando os meus xaxins em diferentes lugares e foi aí que culpei o Alberto e ele ficou escondido atrás da porta, ouvindo tudo ou partes do tudo e quando desconfiei que ele estava lá disse-me que ele havia mandado os documentos todos pelo correio e ria um pouco, pois à criança tudo se perdoa, só que, só que ninguém é mais criança, ou melhor, liriazinha do campo, como você pode aliar a sabedoria ao deslumbramento? Aquele médico tem olhos de raio xis?

E tem energia nas mãos? Por isso você se apaixona por tantos: quisera eu, lindinha.

Veja você que coisa. Ao ver os traços de seu marido hoje, enquanto assistia a defesa de sua tese, não pude deixar de ponderar se não seriam seus traços, também assim. Traços de grossura violenta, sob a capa das palavras. E que a queixa que você tem também é uma certa capa. Cave e encontrará posse e segurança. Os amores mais viscerais estão fundados sobre um mal-entendido. Quando este se desfaz, caem um nos braços do outro, o dono das ferrarias, a condessinha orgulhosa, o nervo inflado entumecido de desejo, as úmidas mucosas, o maior prazer que nos é dado, disse Freud.

NELSON RODRIGUES II

E depois, do que adiantam as palavras? Estou aqui neste sofá e observo teu marido admirar-se à tua resposta – "Gostas de mim só pela metade".

"Corno", pensa ele, e olha para mim em busca de um sinal qualquer. Estou impassível. Penso tudo saber, só sei, porém, que ele está engrenado com uma dona das boas. Desquitada, moça, eficiente e poderosa.

A transa segue até que ela aperta. Vem morar comigo, larga tudo...

Olha que os cronistas têm razão em cortar essa. Se quer me dizer o que tem esta circunstância de diferente das outras, há cem mil delas que acontecem no estilo: ele conta, volta para a mulher que também lhe confessa que andara pensando em viver com outro. Voltam os dois famintos, um do outro. Corta. Ele prefere programas, agora, mais tranquilos, ela, nem isso. A menopausa, as rugas.

Sim, esquecida. Sente um ciúme danado do marido, pois ao homem, sabe-se, a velhice confere graça e encanto.

Você quer me dizer o que vou inserir nesta transa que não seja banal? Amor pelos filhos, já na deles, que mal veem o pai e a mãe, para que não se sabe ao certo, pedir dinheiro ou para avisar que é para buscá-los não sei onde?

Frêmitos de paixão enquanto um chupa, outro é chupado? Alguma sensação inusitada ao penetrar a jovem emancipada? Como esta humanidade cansa, elas que vão tirar o sarro num motel! Este deveria ser o epitáfio de toda história e acaba sendo mesmo, Nelson Rodrigues. Do que não foi apenas resta uma lembrança dolorida, do que foi, enjoo. Acontece que agora estão sentados no sofá, na frente deles, outros dois personagens. A coisa se complica, pois o mancebo é, ou melhor, foi, dono do coração e da vida dela, durante aqueles dois anos em que durou a transa, o marido sabe, e cala. Ela sabe que o marido sabe, e disfarça. A outra personagem é a mulher dele.

Sabe, mas não sabe que o marido da outra sabe. O cara até que tem pinta de sério, ou seja, é aquele cujo membro só se aciona quando as mulheres insistem, em circunstâncias especiais, particulares. Não sei de concreto quais sejam as relações dele com a mulher, excelente dona de casa, por sinal. Mas devem ser, grosso modo, tipo mamãe abacaxi. Vem que tem, meu bem, meu benzinho. Aqui está sua roupa passadinha e sua mulherzinha perfumada. Vem que te quero todo meu, vem falar comigo de Nietsche falta um z foi lápis, meu querido, sabe que ele trepava divino, como você, meu gênio, meu senhor.

É um porto seguro, não é não? Tranquilidade, a mesa posta, a cama perfumada, o Bernardo que vem de noite com a Jacira para assistir aquela fita do Godard.

Amanhã a corrida pela praia, antes da chatura do serviço, que se há de fazer, ordenado é ordenado. Depois pego a bicicleta e me mando para o mato até a hora do almoço, que delícia mexer com formiga, folha e areia.

Os filhos vão casando, assim cuidam de sua vida, finalmente, a mulher se conforma com minha inteligência e não me torra mais com seu ciúme doentio, de vez em quando cedo a uma trepada de uma noite, maravilhosa, inefável, mas leve, leve como a brisa do mar que indelevelmente marca-me as entranhas com seu eterno ir e vir e assim vai se consumindo este amorável rio-de-sangue confluindo no rio-da--morte, o que se há de fazer?

Assim conseguiu escapar da crônica do Nelson Rodrigues. Hoje não dá, viu, já pensou se não der mais, se meu estilo agudo e penetrante tiver se esborrachado diante do inútil desta realidade toda fodida e fodendo-se continuamente, o que será de meus escritos, o que de mim mesmo?

Terei perdido meu público? Meu eixo? Minha identidade? Quedê a união dos corpos? Quedê o êxtase? Só tem quem de muito fornicar acaba fornicado. Agora pergunta-se:

1. Que análise empobrecedora é esta que embarca na versão do narrador, da narradora, no caso, e não leva em consideração a estrutura profunda das personagens, apenas cacos, aparências?

2. Que critério de ordenação foi seguido, uma vez que os quatro estão sentados no sofá e não se enfrentam, a não ser na intenção da narradora?

3. Qual é a posição da narradora? Fora, dentro, sentada em que sofá, o que ela quer, pode-se saber o quê?

TINHA ESQUECIDO O PERFUME DA ROSA

E agora que o sinto, sinto uma saudade pungente, a semente de uma saudade física, química, vegetal.

Foi assim. Sempre que vou ao supermercado, sei de antemão que vou ser roubada. Supermercado à moda americana, mas implantado aqui: elefante só por fora, para impressionar, induzir etc. etc.

Meu prazer então é sair levando alguma coisa que me compense desta trama. Veja-se bem: a coisa é irrelevante, uma quinquilharia qualquer, o que importa é o ato de levá-la. Em poucas palavras: ter uma compensação simbólica apropriada de algum embuste, ofensa, fingimento ou mesmo trabalho, gasto, em suma.

Assim preparei meu embrulhinho e deixei-o fora do alcance dos olhos do caixa. Peguei a menina pelo braço e me dispus a suportar o anonimato agressivo e rebaixado do supermercado. Abacate podre disfarçado em casca verde e dura, carvão sujando as mãos pelo furo do pacote, água empoçada na região dos laticínios etc. etc. etc. Sem se contar os empregados. Será que eles não percebem que defendem encarniçadamente o interesse de quem os espolia, assumem o *esprit du travail*, como querem os americanos, e o interpretam à moda deles, ciosos de uma autoridade fictícia e maltratando o cliente, o consumidor, o fautor do lucro da empresa?

Mas este é outro assunto.

Volto para casa com minha contrariedade mitigada pelo embrulhinho e chego juntamente com o casal que não via há séculos. Para dizer a verdade era ele um meu antigo pretendente, ela, a nova mulher – não estava a par do casamento. Moça cordata, alta, de saia longa e traços gentis.

Tão cordata e tão gentil que se afasta para o escritório ao lado e deixa-o conversar comigo a sós: a sós nem tanto, pois a menina não se desgarra de mim.

CONTINUAÇÃO

Conversamos. Está de farda, mas pisca-me o olho. A farda é um disfarce para melhor ajudar os amotinados. Será? Custo a crer, mas parece tão convincente. Os olhos chegam a girar de tão arregalados, sai água da risada dele e a mão regala-se nos meus seios admirados. Será que era isso que ele pretendia? Os homens bastam-se com tão pouco... Como eu, com o supermercado... só que para os males do amor para mim não há consolo simbólico...

A menina ficou admirada com o beijo extorquido: Na boca, mamãe?

O casal despede-se. É quase hora do jantar, vejo a silhueta fina da mulher borrar-se no topo da subida. Mulher digna e discreta: o que se passara entre mim e o marido é um assunto que a nós cabe arrematar. De fato, tirou seu gosto, ele está livre agora de minha recordação. Entro no escritório e vejo que a mulher deixou a sacola de palha que carregava, ou melhor, durante o tempo que ficou sozinha trançou com as fibras duas cestinhas as quais, na infância, se usavam para capturar grilos, de hastes de lavanda, e as cestinhas estão sobre o assento negro do banquinho.

Duas dádivas esquecidas? Aproximo-me e vejo que numa delas esqueceu uma chave. Teresa! Grito à empregada, estuporada, que me anda pela casa.

Depois mudo de ideia. Fique aqui você, vou alcançá-los, esqueceram a chave. Corro pela subida: já não os vejo.

Devem ter chegado próximo da casa. Sei onde moram e sigo para lá, impelida pela urgência da entrega, sigo para lugares aos quais há anos não voltara, nem mesmo com a imaginação. Lugares onde também se encontra a diferença, o saldo que a vida não me pagou quando devia, os tempos de colégio, de desesperada disponibilidade não preenchida que esconjurei, ingratos, e agora os olho lá de cima, do alto da margem-pedestal onde fui sendo impelida, também pudera, a gente faz-se homem por entre tristes fúrias e quando a gente se dá conta descobre, surpreendida, que a diferença é a nosso favor, agora, os antigos colegas olham com olhos diferentes, a distância continua, a natureza é oposta.

Quando dei por mim, havia passado da casa deles, estava mais além, perto da encosta do morro. Neila me encontra, depois de tantos anos que a gente não se via, este é o meu marido, diz, venha conhecer nossa comunidade. Não havia surpresa em seu encontrar-me, apenas uma grande calma sem entusiasmo de pessoa que está de bem consigo própria, integrada solidamente em seu meio. De fato, a comunidade era repassada de uma imensa tranquilidade, as mulheres muito maternais e compreensivas, do jeito que me pareceu também a de saias longas. Levaram-me até a casa do decano da aldeia, se assim podem ambos se chamar (cheiro penetrante de rosas fenecida antes de desabrochar, são as mais perfumadas, por sinal) e aí me dei conta de que havia algo de sub-repticiamente familiar.

Primeiro, a menina que circulava pela casa, pequena de uns dois anos, tão parecida com a minha própria e que me olhava de lado com um interesse agudo, penetrante. Segundo o velho, que falava uma língua como a minha, apenas com um sotaque apertado, curioso, e curiosa também era sua galanteria, no meio de tanta paz transbordante (já estava me irritando) de modo que me ressabiei toda e decidi que a única pessoa viva nesse meio todo era o velho, e pronto, até que alguém mencionou "o de olhos verdes". Imediatamente achei que só podia ser você, é claro, era dirigida a mim a indireta, provavelmente querendo me dizer que você seria o anfitrião que se aguardava para mostrar-me condignamente o que tinha, mas senti no ar uma sobra de impasse, uma reticência ainda pouco palpável.

Você chegou, nada surpreso com minha presença, um ar entre bondoso e folgazão, que por se achar bom espera, quase garante, que os "outros" serão bons com ele, tão bons como essas mulheres de saias longas que permitem que os impasses sejam resolvidos por quem de direito, que conhecem e se bastam com seu lugar etc. De fato, você me acompanhou no alto da encosta, a menina atrás.

Chegamos a uma espécie de estaleiro cavado na terra fofa e seca, protegido por uma tênue cerca de alumínio flexível, bambus e pinheiros enfeitando-se, aos montes (ambiência helênica) e, de repente, vejo atrás da rede uma obra gigantesca, uma espécie de esfera enorme, do tamanho de um navio, oca por dentro, toda entalhada simetricamente com frisos de infatigável mestria.

– É granito vermelho, digo, com admiração pela nobreza do material, e pergunto, quase a justificar tão colossal esforço: você a fez para os seus dinamarqueses? Inesperadamente você me responde rápido, quase a esquivar explicações, sem culpa porém, apenas cioso de uma conveniência descontada da qual não poderia se esperar sequer que tivesse dúvidas, – não, fi-la para os americanos. Americanos? Pergunto perplexa, mas não tenho tempo de aprofundar a impressão de tal resposta, pois a menina aponta o dedo para uma estranha estátua num pedestal de mármore branco do outro lado da margem do estaleiro.

É uma figura estranha de se encontrar num pedestal: de costas, as pernas são de um cavalo preto de cascos brancos, abertas e imobilizadas nesta instabilíssima e equívoca posição, o tronco e o rosto são de uma mulher imortalizada em alabastro, de comas ao vento, branca, estática. Quem é, pergunto à menina, e ela responde com sua vozinha fraca, mas segura: Mithe.

Outra impressão, mais violenta que a precedente, porém sinto que algo acertou o alvo. Você me dá o braço e me acompanha à mesa do almoço que será ao ar livre, estão todos reunidos e a sua expressão se torna cada vez mais de um homem bom que espera bondade, de um ser condescendente que espera condescendência, compreensão, grandeza, e não pode ser diferente já que você tanto o quer. É justamente isto que me alarma, da mesma forma que o lugar vazio à mesa, de alguém que ainda não chegou, vejo o receio nos olhos de todos os circunstantes, e este alguém te diz respeito e a mim também e é deste alguém que você tão desesperadamente espera o que não virá. Tenho a certeza imediata, capto toda a situação, o impasse define-se, pronuncio o epíteto da pessoa esperada, você o completa nos meus termos antes que eu termine de proferi-lo, termos pejorativos, por mim há tempo dados como descontados, mas o acento de derrota infantil que leio em seu rosto incendeia-me num ódio irresistível, afasto-me montada no meu desprezo amargo e na certeza de que agora o lugar será preenchido, sem misérias, que não estou para as ver, bastou-me o preâmbulo. Desço a encosta.

P.S. Ao chegar perto da Neila, enquanto subia a encosta, havia encontrado no chão um outro molho de chaves, com um cachorrinho pendurado ou algo em preto e branco e ao entregá-lo para a Neila ela havia respondido: "São de dona Fafá" ou algo assim, como se a dona Fafá costumasse perder chaves por aí e o fato de perdê-las ou encontrá-las fosse apenas corriqueiro ou dona Fafá uma pobre louca. Ou quem sabe apenas Neila por demais fleugmática?

Olha, hein, parei com a Salomé. Então o negócio é desvio sexual pra todo lado. Molha aqui, fura lá – o motor de tanta genialidade que não sei bem onde encontra o tempo e o lugar, entre ópio e depressão.

Quanto ao resto... o velho turco tem namorada grande, a Lúcia que mora lá mesmo e o espera nos fins de semana... O que adianta fugir se está ligado indissoluvelmente... ainda bem que a coitada sentiu nas entrelinhas...

Pensa-se fazer o bem e na hora da consumação o beneficiário desaparece...

A avenca cresce. Avenca é justamente o que não tenho. Bazar de Natal.

Prá que turco misturado com a história do vasto cansaço. Também, não é para menos. E foi delicado em não dizer o porquê. Eu teria me ofendido com muito menos. As relações humanas são uma porcaria. Sabe qual é: cozinha goiana. A solução mais sensata enquanto deus e o diabo afastaram de mim esta taça. De tanto ver desvio estou ficando ortodoxa. Rígida, intolerante.

PEQUENOS VAZIOS

El ultimo espetáculo de rock, por quien lloras? Que impressão amargurante *las boquitas pintadas de carmesin*, de rojo, de violeta. Cada uma movendo-se no círculo de sua contingência, ora bom, ora mau, ora superficial, ora contraditório, conforme o ângulo e o momento de observação.

O pior, isso mesmo, a extrema relatividade. A beleza que só ama por reflexo, só ama no momento em que se acredita amada. Ama por falácia e enquanto ama, vive.

O resto é o conjunto de hábitos, pequenos hábitos que deixam seu vazio, ao desaparecer. Diria apenas assim: vim ver se você mudou. Antes acreditava no amor. Que mal fizeste. Se a mão da Graça agora me encontrasse, não diria mais o que disse daquela vez. Nem jovem mais, nem bonita. A expressão, onde está a expressão de juventude e encanto? Esta maturidade agora, esta dureza, às vezes, não fosse o respeito, essa inércia de morrer.

Maurício, fechado em seu silêncio autoritário, nada diz à mulher, fora as banalidades: é preciso falar, falar, de qualquer coisa, mas falar. Se falasse realmente, daria tudo por ele. Não percebes que o não falar é o único fio que te prende a ele, a falta, a ilusão de que se falasse haveriam de se compreender. Não tem o que falar. A vida do casal é feita de pequenos vazios cheios de gestos, de ausências que se preenchem como igual.

Se não os há, há um vazio maior ainda, uma vez que já não se acredita no amor. A não ser que se tenha um grande conceito de si próprio. Ou dos outros. No cômputo final há de sobrar o formado em medicina, o engenheiro civil.

O cão, o gato, o sol pela fresta da janela, o vermelho e o negro, ilusórios eles também, os dias que se sucedem, os grandes momentos de contemplação. Comoveu-me o anel que ela quis levar do marido, no caixão. Ela, mais simples do que eu, ele também. O progresso ilumina às vezes, ângulos. Tornamo-nos refratários, assépticos. Não fosse a atração da voragem que me agarra... um mundo negativo: não me desagrada, não me ouve, não me espera, não me pergunta, não me incomoda, não me entende, não se e me interessa. Estaca em volta do coração. E desvelo fraterno para a sósia do adido. Igualmente grossa, igualmente inoportuna. Labirinto de um lado, cova do outro. No meio, pântano. Deus abençoe, porém, e ainda, cada novo dia que nos separa da morte atômica, amém.

A CRIPTA E O ETERNO

É hoje então? Dizem que a violência transforma sujeito em coisa. De fato, dificilmente o ser humano pode ser julgado tanto como quando expõe sua parte animal. Não me interessam desvios, patologias, são doenças curiosas, como o encarquilhado de uma árvore, estáticas até, *ready made* dos quais nada mais se retira.

Assim, se alguém irrompe enquanto você realiza um ato sexual é o cúmulo do ultraje – Dona Olívia, a megera disfarçada. E os atos psiquiátricos...

Não vamos entrar no mérito da especialização da violência. Talvez se entenda agora mais a preocupação do Stangerup.

Aí, sabe o que sobra? Eu e Alfredinho descendo à cripta do mosteiro. Corpos que haviam retirado dos sepulcros estavam alinhados ao chão. Corpo branco sujo, homens e mulheres. Nojo, aflição. Veja – disse para Alfredo, veja só os corpos que gritam por vingança. De fato, cada um deles começou a mexer-se executando atos convulsos de algo que expressasse o irresolvível. Um, especialmente insistente: alguém que se agarra ou puxa um cabo com as duas mãos às quais faltam completamente os dedos.

Quem disse que a morte é a justa paz? Se até os corpos não esqueceram que nervo neles ficou vivo e exposto? Alfredo, depois disso, o que pensar do eterno?

L'INERTE BURATTINO DEL PROBABILE

Tinha sexo também... mas não era só isso.
Ligia alle sua mansioni domestiche.

É que estava ficando uma coisa podre, sabe.

À noite, não tem do que brincar.

Lego lego.

Uma hora a gente tem que sair do buraco.

Mas protesta muito.

Ela diz coisas boas também.

Quando conhece as pessoas é muito carinhosa também.

Nem minha filha não soube... é isso que a perdoa.

Relaxar é fácil maninha... foder... parir... comer... ser gente é que é difícil, saber se fechar sem se abandonar à inércia, porém, e se abrir quando é o momento e assumir sempre, sempre, a própria solidão.

Era um exame, aquilo, será?

Dez versos de Blok (o azar dos homens é que então as mulheres eram tão pequenas) e eu, levada pela inércia de achar inexoravelmente que os outros fariam melhor, achei que seria sempre melhor procurar pela cola, pelo dicionário, ao menos, de onde tirar a vox, mas o examinador já desconfiava, até que me conformei a tirar de mim mesma, e não é que as dez frases saíram que foi uma beleza, primeiro a lápis, corrigidas com a borracha, depois direto a tinta, uma beleza de verdade, e ainda sobrou tempo para conversar com a outra examinadora de cabelos bastos, não creio que fosse uma peruca, e de olhos verdes (sabe, quando se olhou uma mulher de viés, de lado, de barriga, de frente, quem a admira mais?) e as colegas do fundo, a Maria, a Maria Helena sentindo-se pra lá de injustiçadas.

Mas não havia dúvidas, eu mesma havia passado na prova, primeiro lugar disparado (quando é que senti que já não estava feita para a plenitude doméstica? Xixi? Xoxó? Xaxá? Faltou quem ouvisse e quem dissesse) e assim quando fui saber a nota passando pelos prédios de antes da guerra foi o primeiro professor que me disse: A.C. não permitiu que você cometesse o "auto suicídio" e deu-lhe dez. E eu pensei que era bom que houvesse alguém que acreditasse na gente e que desse seu reconhecimento tardio e não póstumo, como costuma ser.

DA GENTILEZA AO ABUSO

Vinha de um estranho jantar: a Cecília, do meu lado direito, R.F., à minha frente e mais dois homens, completando os cinco em volta da mesa. Luz forte, central. Cecília disse algo que queria ser brilhante, ninguém reparou. Achei que faltaria a comida, para quebrar o gelo, levantei-me e fui retida pelas mãos e pelo olhar ansioso de R.F. que me disse alguma coisa: não ouvi. Abri a geladeira e encontrei quatro panelas tampadas, as quatro continham macarrão de quatro tipos e épocas diferentes. Que relaxada, a Maria: nada quer com o batente.

Vou esquentar e servir o quê? Dissipou-se o jantar. Saí à rua onde deveria me encontrar com M.B.

Adeus, R.F.. Sacrificaste a qualidade pela quantidade, é, dói menos, a vida (que vida?) assim fica mais fácil. E não adianta esperar por minhas notícias, são notícias vencidas, fim do capítulo.

Saí à rua Conde de Irajá. O mesmo salgueiro, ele traz morte? O mesmo lampião, luz difusa, nevoada. Seria bonita a rua, fossem conservados os traços de sua história. Assim fica tudo transitório. M.B. me espera.

Só que vim com meu carro, ele com o dele. Amigos como dantes, a gente se vê em casa. Cruzes! Eu vim com o carro da primeira vez. Não é à toa que não o encontro em nenhuma ladeira. E agora?

Parei um táxi e só depois de ele ter andado uns metros percebi que já estava ocupado. Dois espanhóis mal-encarados, além do motorista.

Vocês vão para onde? – Para o Rio, responderam após confabular.

Para o Rio não, disse eu ao motorista, eles querem ver folclore, não imaginam que o Rio é tão longe... Leve-os à praça da República. É quase a mesma coisa, eu lá desço e tomo metrô. Todos assentiram. Só que na hora de tomar metrô, todos queriam tomá-lo, seguir-me ou apenas fazer de mim seu guia? A coisa estava estranha. Perto do metrô, felizmente, a casa da minha mãe. Entramos por uma rua, saímos pela outra, no intuito de despistar o espanhol que havia sobrado, que ainda não desconfiara do nosso total desinteresse, ou teria sido eu que não desconfiara dos fins dele, do que ele realmente pretendia comigo?

Enquanto me olhava através de uma fila de carros estacionados no ponto, senti uma pontada de medo. Da gentileza ao abuso é um passo só. Quantas ligações ociosas, quantos dissabores inúteis. Aí me lembrei dos olhos cor de chumbo, dos olhos verdes e dos olhinhos azul claro e senti aquela música leve que me acompanhará intermitente, meu bem, você disse, seu azar foi ter encontrado caras indecisos... meu azar ou tua sorte?

TUDO QUASE APAGADO

A vontade que me dá hoje de te contar umas impressões da verdadeira semana de férias, livre realmente de qualquer imperativo. O prazer de entrar na água calma e sentir sua carícia envolvente como se sente apenas nos momentos de um sensualismo privilegiado, não disperso, quero dizer. O sol que nasce ou se põe pelo escorço sensível da palmeira ou do tronco do caju barbado de branco, a brisa sopra e o silêncio, o silêncio é sobre-humano. Assim fico, na rede, entre um pensamento e outro, esforçando-me por interessar-me pelo livro "*How to get an erection with a woman you've been married to fifteen years?*" Saco. Mas Leo me disse que é a melhor escritora inglesa deste século. Alterno com um pouco de Max Scheler: d) *tendence à imprimier un caractère de plus en plus prosaique et bourgeois aux rapports émotionnels entre les sexes (en opposition radicale avec la Rennaissance). Quantum satis*. A mulher de R.F., me dizia Cecília, de quem admiro a franqueza, uma fulaninha medíocre sem conversa nenhuma que não tem nada de bonito, apenas metida a soçaite, que na hora h vem pescá-lo com o dedo "meu bem, vamos, amanhã temos que ir a Petrópolis", imagine, ele tinha ficado a noite inteira me cantando, sim, vamos ter alguma coisa juntos, e o pior é que a gente acredita nas coisas que ele fala. Coisas passadas. Na verdade, contando hoje com o conseguido distanciamento, a mulher (o peixe no aquário) teve o indiscutível mérito de inseri-lo a ele, ex-carregador-de-porto, nas colunas “do lado de lá”: contribuiu, digamos. Colhe os louros de um esforço eficaz.

Nabor? Ah, ele tem um valor comercial muito bom. Viríilio? Ah, ele tem um círculo muito bom de relações. Avaliações em função de, jamais o indivíduo pelo que ele fez de si próprio (em relação aos meus critérios, naturalmente!).

É por isso que as afinidades acabam sendo tão fundamentais. Estou feliz agora como não estava há anos. Aquilo no qual não contava e do qual não me cabem méritos, senão não me enlevaria. Um profundo processo de repensamento, uma nova dimensão que germina e se impõe com a força do crescimento, a espiral da verdadeira vida. Do corte inclemente de uma dialética negativa que foi se constituindo por si só brotam as sementes do milagre.

Da demolição da “natureza” animal e vegetativa, a “diferença” do humano. Roteiro desta noite – Os sogros de Guarnieri. Não diga quem sou.

EQUÍVOCOS

Encontro Fert, que sorri como se esperasse. O mesmo cepo. As mesmas raízes preservadas de um estilo indelével não conspurcado pelas práticas das femeazinhas donas de casa. Uma firmeza nobre de caráter das coisas, uma sobriedade digna dos antigos etruscos. O olhar basta. Por que será que as mulheres tão raramente conservam estes traços? O visgo das coisas pequenas.

A festa é choca. Saio de mansinho e ainda acho o jeito de ser útil, à saída passo um pano no chão onde caiu algo de molhado, não me perguntem nada, não me perguntem nada. Ninguém me pergunta. Apenas o Orestes que perdeu vinte quilos, casou-se com uma moça de rosto esbranquiçado, de roupa esbranquiçada, de olhos esbugalhados. Orestes parece agora Elvis Presley. Um tipo curioso, ele e a mulher. Algo de dolorosamente equívoco. Paralelo com o psicológico.

Saímos os três da festa. Eles por conta deles, ouço-os discutirem, ele agressivo: "Vá embora, já". Ela vai, ele ainda transtornado me vê e me convida a entrar no carro dele, já está na hora da aula e vai me dar carona. Antes, porém, vamos pegar uma coisa na casa dele. Sento e reparo enquanto ele se apronta. Estranha casa diáfana e brumosa. Como vivem assim de frente ao cemitério, que emanações. Demora muito para se aprontar e A.C. me espera pontualmente. Saio e vou sozinha. Marquei hora na casa do AC..

Meandros de Apesp, rua General Glicério. Casa de meandros. À escrivaninha, a nova mulher de A.C. Loira, eslava ou oxigenada, vestida de azul maiólica. É cordial, leu e apreciou o livro, mas não o menciona. A.C. tem uma grande estima e consideração por ela, cultiva ritos em continuação.

Dá-me o pedaço de goma que eu mesmo corto com os dentes e ajudo a colocar no envelope de papel prateado. Saio. No caminho para minha casa passo pelo condômino do Brás. Reunião de inquilinos. Há vários que não podem pagar o aluguel. Estranhos estratagemas, como na assembleia. Este é um deles. Sair. Tornar a apertar a campainha. Olham-se todos sem entender, sem se enfurecer. Pronome atrai pronome. No fim alguém desconfia. Antes do quebra pau saio finalmente para minha casa. Casarão de quatro ou cinco andares. Ouço murmúrios como de criança risonha e passos rápidos de um grupo que desce sorrateiramente a escada. Encontro o grupo à porta do elevador. É a Marianda de longas comas, sorridente e criança como nunca mais, adeus, rápido, vamos embora. Ele está lá em cima. Está tudo preparado. Não faça barulho.

NOVAS E VELHAS

É a segunda vez que dá gato. Desta vez sonhei mesmo que ia à banca de dona Maria, e insistia no número 53. 54 também é bom, disse-me ela, ou este que sobrou: 57. Todos são gato. Mas eu quero um bilhete grande, extração de Natal. Deixe-me o endereço que eu lhe mando. Nesta hora a Júlia resolve atravessar a rua. Mesmo sem necessidade alguma de escândalo, pois já estou vendo que o carro parou, atiro-me no meio do asfalto. Gritos e tapas. Tão fácil entregar-se a crises de lesa-psicologia. – Não faz mal, diz Homero, eu compro em São Paulo. Uns dez paus, deve custar o bilhete. Já pensou, 160 milhões. Aí se constrói a casa em São Roque e eu vou ser o caseiro.

– Legal hein, mas como você vai até lá?

– Pois não vou comprar seu Fiat no ano que vem?

– É mesmo. Esse carro nunca teve um arranhão, você sabe disto. Aí a gente planta feijão, planta soja, já pensou? Você vai morar numa casinha isolada e eu faço um estúdio como na Inglaterra, tipo mezanino, de cima a gente vê tudo. Ninguém precisa nem saber do dinheiro.

– Quem vai fazer o projeto? O Jarbas disse que ia fazer um motivo de três cubos, com a água transparente por baixo da casa, mas o Jarbas, agora...

– Deixa o Jarbas, com tanto arquiteto por aí sem ter o que fazer...

Ou então as minhas viagens... tão logo firme e infraestrutura, viagens motivadas...

Oi, Alberto, o que diz o Estadão? Uma frente fria que agora está sobre o Uruguai, daqui a uns cinco dias ela chega até aqui. Daqui a cinco dias. Já estarão terminadas minhas férias, que bom, e a frente não chega até a Bahia.

– Engraçadinho. E as minhas? Entrar aqui nesta sala tão tranquila e ver um cara que só fuma, bebe, e não para de falar. As mesmas coisas que vem dizendo há dez anos, cê quer apostar? A cigarrilha, *eau sauvage*, mamãe, mamãe eu tendo que preparar o almoço e janta. Chega de Campari, de máquina de escrever, de Doris Lessing.

– Por que você não vai à praia? Por que não vem bater papo com a gente?

E toma cerveja, e chega o Berna e bolina pra cá, bafeja para lá e conta a piada do João Paulo II ou da diferença entre arquiteto e engenheiro e todo mundo ri e acham uma delícia curtir uma caipirinha e dez cigarros e o biquíni da Lia deixa os pelos para fora e a Mariana jogou areia na cara da Juca e a Soninha passa óleo na barriga e as ventas do nariz se levantam como as da mãe dela quando contava ponto da macumba e a Maisa mandou uma cartinha de amigo secreto: Meu amor, menos palavras e mais ação, e à tarde chega o caso do Berna e todas a aceitam e sorriem, a mulher inclusive, e enfeitam o salão para o baile e faltam copos e talheres, só tem a Antônia para lavar e não fosse a Dona Dora que arregaça as mangas na cozinha ninguém mexe uma palha.

– Italiano, você é bárbaro, me passa óleo nas costas por favor, Beto não me aperta, não vê que estou suada, o Lico dormiu.

M.L. chega-se, quantas rugas nas mãos. É o grupo P, agora que a gente já está começando a faturar, o Gianni escreveu que virá no ano que vem não está muito bem agora porque a menina dele de dois anos caiu e quebrou os dentes da frente e ele também caiu no terceiro piso enquanto estava visitando uma decoração, mas já mandou os catálogos. Queria mandar a Giovana e as meninas para o carnaval, estamos aguardando.

– E sua mãe como vai? E como vai aquela loira que vendia vestidos? E como vai o Chico e o Antônio que ficou tão rico? E da Elvira nunca mais soube nada? E você, como vai?

Tudo bem. Renatinho ganhou um carro do seu Renato, ele mesmo veio dirigindo e Luciana ganhou um beagle num concurso, lá na escola.

– Outro?

– Não. É o mesmo do ano passado. Esqueci que já tinha contado.

Risadas.

Sei que ela quer perguntar, mas não pergunta.

Eu, sinceramente não quero saber nada, absolutamente, de ninguém. E daí que Dinhá vendeu a fazenda e foi à China com o Jean? E daí que a nova mulher de Carlinhos espera um bebê e tem bunda grande?

Pena que Letícia tenha se desentendido com o marido dela, mas também, pegá-lo na casa dela com a secretária! E o que posso fazer se Lisa vive metade do ano em Paris e se o marido da Daisi não quer filhos? Se o Thiago foi embora e o cachorro morreu, se as plantinhas secaram e deu praga na piscina?

Silêncio, por favor. Silêncio. Vou mergulhar com chuva e tudo, vou comprar peixe no porto, vou comprar xaxim no mato, mas deixe-me em paz, pelo menos à hora do crepúsculo antes que as fitas do Chico comecem a girar no tape, os gelinhos no copo, as cartas sobre a mesa, minha cabeça, minha paz.

A BABÁ

Uma plantinha chamada breatina. Coração de mãe? Este já quase parou de bater.

Como que uma onda grande dessas pode derrubar a gente?

E se eu ficar aqui eu fico doente...

Pjlr, as marcas dos cavalos sobre a areia e o moleque seguindo as pegadas ao galope, as tulipas de pano afundadas na poltrona, e o barco encalhado na areia.

Parece uma escultura. Fixar tua expressão, Pjlr, um espasmo de ternura, na areia, junto ao barco. P-L-R- ou J. A expressão é o que conta não a letra. Claro que não pode ser qualquer letra, pois algumas perderam a expressão.

Não lembro quando foi que começou. A fêmea sente o olhar quente do macho, mas se este a vê de um caminhão ou do alto de um trem qualquer. Olhar que atravessa, como o raio xis do doutor Altino. A babá não estava para satisfazer a chofer do caminhão. Morria de medo de homem, ela dizia, de casar com homem que não fosse crente, que não a deixasse ir à igreja, congregar. Criava na terra dela três dúzias de galinhas para engordar o enxoval, quando fosse casar. Mas era uma moça bonita, a Cleuza.

Aos poucos foi pegando o jeito da cidade. Telefone, adorava. “Desembucha logo, qual é?” O eletricista insistindo: “Gostei do jeitão, viu?” A outra que tinha antes era tão carrancuda". Cleuza ria. Os homens iam ficando excitados. Já não era apenas o farmacêutico, o moço do bar, o japonês da tinturaria, ela mesmo atacava. "Adivinha quem está falando?"

Até que deu de sonhar. Primeiro foi um pato esguelhado. Depois um mero na cama. E contava os sonhos aos pedaços, conforme a correspondência com a realidade: A mãe morreu, o doutor Altino a beijou na boca, o Carlos não, já viu o que pode dar preto com branca? Até que lhe deu aquela dor na omoplata direita e começou a frequentar as reuniões da tia Mira.

– Que fazemos com esta menina, João? – Mas não teve tempo para pensar muito. O próximo sonho que ela me contou era de estarrecer. Haviam ido ela e a pequena Mônica de mãozinha dada até a garagem do caminhão com uma oficina nos fundos, que fica do lado direito da praça. Foram para lá porque o Carlos trabalha de motorista e sempre canta quando ela passa e apesar de ela não gostar de ele saber que ela já tem o Cláudio para cheirá-la, dá uma coisa na gente ver aquele fogo nos olhos dele e depois a Mônica estava comigo e não tinha perigo, só uma passadinha só. Mas logo que fomos chegando tinha uma música tocando e eu contei pro Carlos que tinha uma dor no ombro direito. Ele disse que ia fazê-la passar e com a outra mão dele espalmada em cima da minha barriga ia me puxando devagarinho para perto dele e se não fosse a Mônica, que chegou chorando querendo ir embora, eu já teria ficado lá, parada feito uma mosca quando a lagartixa chega de boca aberta. Mas aí ele ficou bravo mesmo e mandou a Mônica entrar pra brincar com a Terezinha que ele ia dar um jeito no meu ombro. A Mônica saiu de tão assustada e eu também fiquei morrendo de medo sem saber o que fazer, não fosse a reza da dona Mira que me valeu nessa hora não sei o que exatamente, o que teria acontecido.

VIDA DE BICHO

Bem, João vou levar esta menina para Clara dar uma espiada, depois você vem me acompanhar, na saída do consultório.

Clara tem clínica, mas sua paixão mesmo, são as experiências de laboratório. Põe a menina deitada e com uma espátula-formato-de-unha retira-lhe uma gota de sangue grosso gelatinoso. Nem desmancha de tão túrgido.

Clara – digo-lhe – o sexo é uma fatalidade. Você lembra a gata que me mandou? Rolava pelo chão, espirrava, pensamos tratar-se de correntinha antialérgica, de um resfriado fulminante, Clara, mas era cio, cio violento e irresistível. Só sossegou no momento em que ficou prenha, para depois recomeçar, fatalmente inexoravelmente. E os meus gatos também, voltam magros, mutilados, secos e pelados. Quando voltam hein, hein, um desapareceu, outro foi atropelado. Veja a Cleuza, agora. Menina tão esperta, tanto jeito para tudo, chega à noite frenética, não há quem a segure. Mesmo de dia fica contaminada, só pensando nisso o dia inteiro, telefone, sonho, vitrola, ferro de passar roupa... Já está estragada. Será esta a expressão? Estragada?

Eu também o fui, apesar da educação rigorosa... Quem sabe se me tivessem deixado ser naturalmente não teria se transformado na voragem que foi?

Sabe, Clara, o que é ser inutilizada, completamente inutilizada, durante dez, que digo, quinze anos? Só consegui produzir quando transformei o sexo em amor, em quimera, em recordação. *The expense of spirit in a night of lust is lost, forever.* Até em Moscou fui à caça deste soneto para não esquecer.

– Todo mundo dá suas voltinhas – Reponde-me Clara, ela resolve as coisas à maneira das mulheres feias, Freud o disse. Agora que João vem me buscar, vou pedir que me empreste aquela biografia de Freud para ler seus textos coincidindo com as etapas de sua vida: nada como a biografia criativa. Quero ver com você o quê sublimou esta fatídica Lou, o que lhe fez explicitar, nestas horas. João está tenso, irascível. Não quer o quê, digo-lhe eu. Se não quer que nos vejam, corto a pé da clínica para a rua de baixo. Você me apanha lá assim não precisa passar pela pedreira. Aliás, para ser franca, eu também não gosto nada daquelas paragens. Depois que o homem morreu em circunstâncias tão, tão extraterrestres, fiquei completamente urbana. Odeio *Science-fiction*. Quem sabe por que sinto que nos estamos anulando naquela direção, daqui a pouco, querido João, não sobraremos pra contar a história. Pego o atalho, mas não é que dou de cara com Alan, do outro lado, abrindo a porta enguiçada da garagem ultrassônica: “Oh, Alan, canista! Há quanto tempo espero seu telefonema”. João está esperando e não gosta deste

novo contratempo. Joãozinho querido, por que tanta impaciência? Como você quer que esqueça? Apenas ponho de lado para tocar em frente, como se costuma dizer. Mas o lastro fica e ele é o responsável por minha grandiosa reconciliação. O que lhe devo, hein? *Une vie*. E a lagartixa vem e come o mosquito e vai, e volta. Eu sei que você está aborrecido com a Clara, abortos não se fazem assim hoje em dia, tem hospital, tem anestesista, mas João, foi tão simples que não deixou marca nenhuma. Nem física, nem psíquica. A não ser as do ato, naturalmente. Que vai se repetir até que case, que engravide, enfeie, embruteça e morra no anonimato de todas as que seguem seu destino natural, vegetal ou animal, como queira. Não foi você que me ensinou a grandeza do ser humano? E agora se admira da minha falta de piedade? A piedade que teria por seu gato. Tenho-a. Mas raiva também, pelo animal que deixou que vencesse o humano que ela tinha, e veja bem, humano é a razão, nada pretende ter com o espírito. Pode até abolir esta palavra de meu vocabulário. A razão deve 'incorporar' os sentidos, não anular-se neles.

Quantas vezes já não conversamos sobre isso? Desprezo, sim, desprezo. Que, clima o que? Que vida é esta de bicho? Um fato consumado? Uma questão de fato? Ah, um estado de fato! Pois bem, creia, nunca tive a menor ilusão que a isto se furtaria. Apenas quis que vivesse alguns meses de chance, quem sabe volte mais tarde a estas alternativas. Quando tiver cumprido seu ciclo, se dela restar algum destroço, incólume. E quero ver os machinhos que vai criar. Ou as fodidas, dá na mesma!

O MECANISMO

Como daquela vez do bazar e do paraplégico, a Lara apareceu com o Stas. Borrados, na multidão em marcha. Enviados de outro mundo ou apenas sobreviventes? Assim como o cão que late por ter medo dos outros ou por solidão, ou por coceira e os outros também passam a ter medo dele, assim eu os senti: pena e medo. E a menina, de repente, caiu em seu choro convulso, alucinou um desejo: morango, framboesa, e de maravilhosas as férias se tornaram um terrível pesadelo, um jogo em círculo em que faltava o breque. Vontade de agradar a alguém ou apenas receio de molestar?

Faltando estímulo, tudo desanda. Pulso férreo e autoritário, a única saída. Será este também o mecanismo das massas? Reflexo médio da natureza inculta? Ordem, meus amigos, sobretudo ORDEM.

Marrom, e verde, salpicado de vermelho e amarelo difuso. Minhas cores ambientais desta temporada e pó de guaraná que, de fato, transformou-se em hábito e energia.

– Sois seres ambientais, diz o Leo, que se contenta com quatro negras paredes.

– O olho se acostuma, Leo, e sente uma falta trágica de formas e cores. Mais do que do som, que dissipa a concentração, do que a fala, do que os gestos, que marcam uma dependência. Somos naturezas assim moldadas, mergulhadas na ambiência.

Não se trata de permanências, mas de achados. Com uns nadas faço minha casinha, mas sem elas não faço nada. Compreendeu? E é sempre necessário que algum raio de luz incida sobre algo de brilhante, o estalo, a partida.

Assim já posso retomar a história do árabe, um pouco esquecida, é verdade, mas quem sabe a imaginação me ajude. Não é possível, algum sheik deve ter cruzados a vida de minhas antepassadas, em Veneza, talvez, ou em Ferrara: sinônimo de atração total de sentidos e de intelecto inculto. O fato é que as tratativas haviam sido levadas adiante por enviados especiais e já haviam atingido um estado particularmente interessante para ambas as partes. O cheque assinado numa noite de lua cheia, otomanas, ópio, um tapete na parede, bastos bigodes. No fundo, agradava-me a ideia de me enclausurar de novo naquele casarão. Sentada nos calcanhares, como as aborígenes, chupando olho de peixe com arroz branco, salpicado de hortelã. Enquanto a brisa sopra do mar distante por entre as frondes resinosas dos tamarindos. Neste olvido, o coração estremecendo, a plenitude do sentir, o olhar atônito que tantas vezes colhi em minha percursora: viver conforme, numa total aderência, mas cuidado em não esquecer-se. Saber colher os momentos de graça, não abandonar-se aos outros. Estava disposta a esta retomada, conquanto fosse fixado o prazo e o preço. Tudo arranjado. Apresentei-me ao posto na noite combinada. No entanto, por uma delicadeza descabida, extemporânea, digamos, não aceitei a primeira carona disponível. Achei que poderia tornar público o lugar, de alguma maneira lesar meu benfeitor (agora já passara a considerá-lo tal) para quem o anonimato era tão fundamental e era tão reconhecido meu pensamento nele que cheguei a admitir mesmo que ele estivesse interessado em outras coisas a meu respeito, e não naquelas que normalmente interessam a um homem numa mulher. Não acho a página do livro onde tudo aconteceu, mas a frase que me chocou por esvaziante redução: "*Then I thought: The truth is I don't care a damn about politics or philosophy or anything else, all I care about is that Michael should turn in the dark and put his face against my breasts*".

ANA WULF

Aliás, antes de topar com esta frase já havia desconfiado que esta tal de Ana Wulf só quer no fundo é isso mesmo e que gastar 666 páginas para mostrar como isto não lhe foi dado é abusar da boa vontade do leitor. Tudo é pretexto para nobilitar a personagem, mas será que não percebe a autora que a coitada é medíocre e que de nada adianta a esbelteza ou o cabelo puxado para trás ou a amiga que trabalha no teatro (cujo ex-marido, diga-se de passagem, é uma das "mas belas fortunas de nossa terra") ou esta história de "entro no Partido, saio do Partido" parece lero lero da Mariana que quer se afirmar aos olhos da amiguinha, se valorizar perante os outros quando no seu íntimo nada mais tem a não ser o desejo de agarrar o macho que lhe agrada, parir seu filho para inclusive agarrá-lo mais, domesticá-lo, arrumar a casa para ele, preparar a comidinha para ele, trocar sua roupinha para ele e para ela, mas como indivíduo, nada, absolutamente nada? Sim, "a nostalgia da morte"! A obra-prima que virou bestseller! Às vezes me pergunto como ficaria absurdo uma personagem masculina madura pensar em sua sã consciência: "Política, filosofia, literatura, isso nada representa para mim (ou então "dinheiro, profissão, status"), o que realmente quero é sentir o calor do sexo dela, junto ao meu, toda noite, quando vou deitar".

E o peixe sendo vestido como sofisticado ou intelectual! E nem se trata de rotulá-lo de fase adolescente da maturação emocional não, pois personagem e autor têm pretensões de posarem como modelos de uma época. E de terem influenciado uma inteira geração de mulheres. Estamos perdidas.

Ah, aristocracia dos poucos, ou mesmo desvio, mas por favor, chega de generalizar.

Contei à dona do posto uma história cheia de brios, levei-a a concordar com meus pruridos, e ela conveio que sim, era melhor esperar pela Berta, que me levaria sem perguntar aonde e para quem. Só que o tempo passava e ela não chegava e eu desavisada na demora dos signos indefectíveis do destino que ajuda quem ousa, mas castiga quem vacila. Começou a chover.

Quando os ponteiros passaram das oito Berta chegou, mas já era demasiado tarde. Havia neblina no alto do morro e haviam caído barreiras. Foi ela mesma que explicou, com muita pena, com muito sentimento, pressentindo o fracasso do que seguiria.

Minha expiação foi longa, dispendiosa, inconsistente. Deram-me uma pista para reencontrar o árabe: Hotal Phoenixm Hauptsr. 27, Wein.

Agarrei-me a estes dados como aos números da loto, apostei, parti. O hotel estava lá, com este nome, este número. Por duas vezes percorri o longo corredor dos quartos, mas o endereço que me deram devia conter algum furo, a porta indicada levou-me à rua dos fundos e na segunda vez eu saí achando-me só, sem concessões às leis da física, sem as recuperações que a vida acaba sempre propondo...

NÃO CONSEGUI LER

Penetrar num ambiente universitário à noite, quando durante o dia é um burburinho de gente, parece um sacrilégio: a escrivaninha cinza, o longo corredor com janelas dos dois lados, o pátio interno que derrama seu luar sobre as superfícies lúcidas, a planta perto do elevador, palmeira mansa e trêmula, é aqui Esar, que se realizará o congresso. Ei que a Svetlana estarrecerá a todos. Li a súmula de sua comunicação. Você não imagina as coisas que ela sabe. O câncer não gosta de luz, disseram-lhe os sábios, antes de morrer, um após o outro. Banhos de folhas verdes de aveia. Nada de óleo ou de vinagre, de manhã leite cru, de noite, leite azedo e massagens nos plexos. É de outra doença que ela está tomada, Esar, só eu conheço o segredo de sua cura, mas não posso revelá-lo, pois a cura coincidiria com a morte, e você é o movente e o culpado. Vamos saindo de mansinho, não somos os únicos notívagos. Vislumbro a sombra da Victória e sua aura maléfica e o Luiz, passando rápido. Um beijo e um abraço. Leu o livro de Babel?

Vamos até a casa de minha irmã. Casou com um menino bem-comportado. Você vê esta sebe tão bem aparada? Esta casa de tábuas, estes gerânios? O sul é assim. Estático e moldado às suas matrizes.

Não fosse o cupim que come tudo por dentro. Minha irmã e o marido moram com a família. Meus pais estão muito satisfeitos. O marido? É um dogmático, você não está vendo. Uma criança que nunca crescerá. Se minha irmã está feliz? Não sei.

Disseram-me que ela havia morrido por dentro. Como a senhora de Fazio quando renunciou ao amor. Agora trabalha no biológico. Cria parasitas, estuda acoplamentos anormais, conchas e moluscos. Como este que ganhei.

Principalmente, não lhe pergunte nada. Há uma idade em que as coisas não podem mais ser questionadas, meu caro Esar. Você não vê por si próprio? Você ri? É a idade crítica, justamente, senhor. Ou se muda com ela, mas para tanto os germes devem estar ativados, ou nunca mais. Começam os achaques, as desculpas físicas: seu diabete, seus netos, a mulher que o sufoca, seu sitiozinho que um dia se deus quiser vai ficar pronto, seu jornalzinho puxa-saco, os favores que você faz a todo mundo, principalmente a quem não os valoriza, o sono que lhe dá depois da janta, a pressão alta, a velhice velhaca, a morte. Eu sei, mas não lhe digo. Você se agarra a mim justamente porque eu sou impossível, senhor.

A agora Svetlana, cortou suas longas tranças e nada na piscina da avenida Bosque, com seu filho híbrido de espinha de peixe.

Vejo em seu olhar a infinita tristeza da ilusão que

se esvai. Svetlana, o segredo é este: a ilusão se esvai, mas a esperança fica. Nunca perder a esperança, querida, não esqueça. Eu sei que era a ele que você queria, e não a outro. Mas ele é um ser feito de palavras, e você não fala. Como você quer que ele reconheça seus valores se ele é um ser de aparências, e você só tem substâncias, sentimentos... Falta-lhe a forma que impressiona e em nosso mundo tem um peso insuperável. Não fique assim, nada de decepção, de desfeita, de acabrunhamento. Coragem e garra: se tiver pertinácia ele irá suplicá-la ainda algum dia, provavelmente quando você já estiver trilhando outros caminhos e aí só dependerá de você *prendre* ou *laisser*, lembra-se de dama de espadas?

O VELHO PISSE

Aliás, esse instituto, para ser franca, sempre me intrigou. Desde que o Dias me convidou para lecionar, com tantos tabus, tantas proibições.

Acabei fazendo o curso, meio escondido, estavam em período integral, sabe como é. Misturei-me com os alunos do anfiteatro vespertino e fui aprendendo todos os macetes. Só o laboratório da cobertura é que não consegui usar. Que diabo de retortas e de fornos, e os dias passando as noites lá, ele e o Arnaldo, o de óculos escuros e de avental branco!

– Se você soubesse como a admiro, você é tão ativa.

– Eu? Magina. Enquanto faço uma coisa faço outra. Só gosto assim. Aliás, não consigo fazer uma coisa só. É um vício já.

Lembra-se aquele filme, que horror, o Jean Picoli terminando com a amante dele pois não podia deixar de viver com a irmã e ela então despede-se e ele pede-lhe que espere um minuto e volta com o saco preto de lixo e lhe diz:

– Faça-me a gentileza, já que vai descer, leva isto para mim".

Às vezes sinto-me assim. Com gradações, é claro.

– Magina, que é isso?

"Vocês andam de ônibus, não andam?"

– Então, minha gente, levem as fichas das fórmulas e procurem decorá-las enquanto estão de pé, ou leiam o sétimo capítulo, enquanto estão sentados.

– E quem tem carro? Grava um tape, ora, e fica ouvindo enquanto dirige.

– Claro, se vocês não curtem o estudo nunca vão aprender.

Curtir, sim senhor, como uma música, como um programa. É preciso cativar as coisas, senão elas não ficam, quantas vezes já falei. E a memória, a memória não faz milagres, meu!

– Mas sabe Rita, eles me acham um pouco de outro planeta. Que popular que nada, não conseguem me entender.

– Você quer ir até o terceiro andar? Estão expondo coisas, tem de Israel também. Sionismo? Ela disse isto? Mas que ideia será que ela tem na cabeça?

Admiro Rita pelo seu poder de conversação. Papos seríssimos com pessoas que consegue interessar aos assuntos mais esquerdos. Agora está animadíssima com uma jovem do stand de Israel. Olho a minha volta. Liuba, a velha leoa octogenária, no stand da URSS. De repente, uma contração muscular. Seu braço tão sulcado de tendões enrijece-se, atrofia-se. Liuba cai reversa. E eu sem poder socorrê-la, sem poder estar ao seu lado nesse momento derradeiro. Desaparece sob as lonas do stand. Como o velho Pisse que nem pode ser sepultado, pois o chão era de cimento e por mais que cavasse não conseguirá abrir a cova. E agora? Viro-me. Ninguém.

Pois agora está decidido. À noite vestirei eu avental branco de assistente e irei até o laboratório.

O APRISCO

Agora perdi o emprego. Você me dá a notícia e sinto-me presa numa nuvem de dissolução. Não consigo absolutamente lembrar o que fazia no serviço.

As dependências de um grande asilo, o chão de ladrilhos vermelhos, daqueles que têm furinhos para respirar, os chuveiros quentes cheios de vapor depois do expediente e aquela passadeira dourada com pedra verde, que deixei no chão, pois já era demais, já havia achado tantas, vermelhas, amarelas, que depois tive que deixar cair no chão, quando tomamos o circular do Jabaquara e as crianças não sabiam passar na roleta e tem tanta criança, as ovelhas que temos para levar até o aprisco, para isso é que estamos aqui, não é verdade?

Mas você não me pergunta nada. Não sei a quem você quer proteger. Será a si próprio? Será a mim mesma? Que extrema delicadeza, que extrema impotência...

De repente tenho uma visão. Um imenso barranco arenoso em cujas encostas não cresce vegetação alguma e em cujo leito escorrem as águas de um rio primordial, formigante de seres que nelas se banham, lentamente se arrastando até suas covas, todos envoltos em trapos brancos.

As ovelhas para o aprisco, você diz, cada um ao seu. Mas quando não há outro aprisco a não ser o grande Asilo ou a grande Hecatombe, não é mais natural que cada um se desgarre a seu modo, que cumpra com seus meios seu destino individual? Você está vendo, elas acabam se juntando sozinhas, só se desgarram mesmo as pouquíssimas diferençadas e quando voltam as outras mordem. Nunca viu ovelha morder?

More than The Golden Notebook it was Boquitas pintadas who taught me not to relie upon diferent speeches held in different occasions to different people by the same person: Whats really matters is the rest of all of it inside the person, at a certain time. E com isto, mais uma vez, levou uma entortada dos *I Ching* da vida. Como a gente é levada a maniqueísmos variados: "Até agora foi ruim, mas de agora em diante, após aquela conversa reveladora, vai ser tudo tão maravilhoso: não peço nada, apenas me satisfaço com a contemplação de um sentimento, sem tempos, sem pressões, porque tenho certeza. Agora ele está fundamentado."

Plaf, shrink, krak e outros, ruídos do gênero. Racionalmente estou salva. Está tudo justificado. Fi-lo em represália a uma deusa morta e para satisfazer a uma fúria viva, mas o eu, o novo eu que tão docemente havia-se banhado nas ondas de Iemanjá, onde fica, nesta já longa história?

É o processo de sempre: apenas mudou onde fica a posição do objeto. Em lugar de espada frontal, punhal pelas costas.

Desta vez doeu porque havia suspenso a descrença, sinceramente. Volta-me agora, com este novo ano, com uma intensidade maldosa, como a dizer, "quem mandou não querer aprender, dados não te faltaram, indícios de indecisão, de fragilidade. De fácil relativismo verbal etc. etc. etc."

Bem, de qualquer maneira, estou grata ao amigo desconhecido que me deu este parêntese pleno e sereno e alvissareiro. Vivi-o como costumo, sem evitar riscos. Nada, novamente tenho a me recriminar. Racionalmente sei que o mal foi cometido num momento de depressão e de fácil justiça relativística e que agora, eventualmente não terá o mesmo significado. O mote, quem sabe se já até um epitáfio, um estertor, mas todo mal é mal justamente por seus prolongamentos que se infiltraram na sensibilidade.

A gente desculpa, mas a mágoa fica. Meu tesão murchou. Agora, até que volte, até que se dissipe novamente esta amargura de fundo, o tempo não basta, é preciso algum evento que seja completamente alheio a minha existência.

Com isto, na ardente esperança de poder aparecer numa boa, muito condignamente, afasto-me. É com muita pena e sem nenhum orgulho que lhe peço que não deixe de avisar-me quando puder voltar.

FOLIA

Stálin lia 200 páginas por dia. Abelha rainha. Para ler 100 levo duas horas.

Não sei se foi influência do Rasga Coração ou do afeto que se encerra, mas sonhei a noite inteira com bárbaros de cabeça de meia, perpetrando crime à luz do sol. Havia estacionado meu carro próximo ao largo onde foi enterrado o Restivo e onde também mora Eni. Estacionei não muito certa de que voltaria a encontrá-lo e de fato, não o encontrei. Fora um dos roubados, nesta tarde de vale tudo. A menina Anna sugeriu-me que levasse o outro, da mesma cor que o meu. Como posso consentir num arreglo como este, fora uma ideologia revolucionária (leia-se: controle). Não peguei o carro. Mas em compensação dei-me mal na casa da Eni. Tivemos que subir no alto do armário para conseguir chegar ao mezanino onde ela mora. Eu cuspia os bofes de tão lisa a superfície e bufava e escorregava e me lembrava de quando eu te queria e você não me quis, veja Freud, que perjúrio, eu que, conforme você gosta, tinha consentido em ser amada!

De repente vi-me esfomeada como uma cadela, lambendo as pegadas de teus passos que se dirigiam em outra direção. Jamais apagarei os traços desse trauma... um mundo totalmente sem caráter e depois vem me dizer que não se deve europeizá-lo... É bem como esta história do carro e da cabeça de meia: bem assim, e tão boa quanto uma folia.

FESTA

Fim de festa é mais triste?

Foi uma festa desembestada de todo e, no fim, aqueles guardanapos amarrotados em cima das mesinhas, algum lenço verde turquesa esquecido, algum conto, o *triclinium* romano...

Custei tanto para chegar lá, depois que te deixei em tua casa, com a consorte e a mesa de cimento e o coração dilacerado. (Você tem a característica de partir-me o coração). É como se estivesse a lembrar-me continuamente – sei que sou gostoso, sei que sou gostoso, não quiseste me dar o que podia, agora não posso mais, meu tempo é escasso, você não imagina como eu sou indisponível. E nessa hora começa a me doer a cabeça porque as lágrimas não saem da raiva que eu tenho de você me obrigar a jogar fora tudo isso e o desperdício dói como um sorvo amargo. – Mas não há de ser nada, digo-me enquanto as lágrimas rolam, dirigindo-me ao porto.

Era uma festa e tanto, no Henrique B. Mania de música de carnaval nos momentos mais depressivos. O Luiz tirou-me para dançar, com sua barriga suada e seu sorriso quente. O mundo é dos gordos, foi a última coisa que pensei antes que me carregasse para a cabine. Quando acordei, com o estranho odor de repolho cozido, não podia acreditar. Será que dei mesmo para o Luiz?

Não deixa de ser outro desperdício, pensei, às avessas. Fechei a porta com cuidado ao sair com todos os meus pertences, desejando realmente que tudo não tivesse passado de um sonho. Fui andando pelo corredor na ponta dos pés, e aí é que vi Maria B. Quando ela me vê tem sempre o ar de moça bem-comportada. Tão magra como é. O que será que consegue fazer na cama? Fomos até o bar tomar café. De repente ficou pálida e me disse algo do qual apenas entendi a palavra inimigo. Que inimigo o quê, não está vendo que é seu filho? Mas não teve jeito. Juntou-se uma multidão em volta de Fellini, o que foi tão gentil de declamar um poema de Montale, mas a voz dele era tão fina, um contralto cantando versos que não cabiam naquele som, será que ele não percebeu?

É tudo tão estranho, pensei ao entrar de novo no salão de baile e foi nesta hora que vi os lenços jogados. Todos querendo esquecer. Só eu doida pra lembrar, tanto que se fosse livre de fazer o que realmente quero mandava ampliar aquele slide que nem sei mais se existe, se o mofo não comeu e punha na parede toda pra me lembrar da única coisa verdadeira, nesta farsa toda, nesta festa de loucos, egoístas e alienados.

SÍTIO

Agora também vou te contar, no momento que ficamos no bar um capanga apeou-se e chegou perto do homem de Leão. Ele olhou bem para nós três e sacou do bolso um cartaz que atirou em nossa direção como se fosse uma pedra e nós ficamos petrificados olhando que o papel do cartaz se desfazia em lascas como a casca da árvore quando o machado corta.

Aí o homem fez um aceno para o capanga que nos empurrou no carro para o sítio dele em São Carlos que era uma fazenda experimental de não sei o quê e nos deixou os três ao lado das manjedouras das vacas. Pegou um jato d'água gelado e esguichou-se como se fosse uma arma. De susto ficamos desarmados achando que havíamos sido atingidos e só depois eu consegui me mexer achando que ameaças a gente sempre as têm e que era preciso reagir até a morte, assim sacudi-me e corri e não aconteceu absolutamente nada, vim me embora e ninguém mexeu comigo, pois tratava-se apenas de uma experiência de intimidação, pelo gesto, creio, pois palavras não foram proferidas.

A NORA

– Desta vez chega. Disse-me a sogra bufando. Já, bastou o dedal, pires, pratinhos vários que você deu para as empregadas, sei que você não gosta das coisas que eu te dou, mas a correntinha de prata, a e pulseira de ouro!

É nestas horas que um imenso rubor me sobe às faces e um calor estival me tolhe a fala: *izniemogat*, os russos acertaram a palavra. Não posso comigo mesma, não aguento sujeitar-me a perder nove nonos de minha vida com episódios comezinhos. Já o sogro é mais cordato: "Hoje ela deve ter tido um pesadelo. Falou em guerra o tempo inteiro". Olho para ele com olhos de quem não entende e ele continua "Não é feita para estas coisas, a nora". Sua pele vermelha intimida-se. Lembro-me de repente de uma novela em que o sogro cobiçava a nora, estremeço, arrepio, não é o caso. Afasto-me em direção ao auditório.

Regina está falando sobre as novas medidas econômicas, ou melhor, vai falar. Inflação desproporcional (existe isso? Existe fórmula mágica?), de declarar o imposto de renda com todas estas tramas, ela adianta num vis-à-vis, e eu acabo ficando. Realmente, falam-se muitas coisas, algumas eu perco, outras não consigo ouvir, mas não encontro o fio, o motivo que justifique eu ter permanecido ali. Mudo de auditório. De pé nos bancos dá para ver o alto do armário entulhado de lixo, poeira que se acumulou durante décadas. De fato esta faculdade está decadente, corrobora A.C. em apoio à greve dos alunos. Cheguei no momento em que a paralisação era aclamada, momento errado para quem procura formação. É isto que apreendo dia a dia: é a maneira de se fazerem as coisas que acaba dando resultados vivos, não esterilizados, orgânicos, não capitalistas.

A maneira é o processo, e o processo, o gozo. A nível individual é o que importa, quero dizer, se os resultados chegam mais tarde, diante da morosidade que é nossa experiência, o que importa, não é verdade? Importa é que eles venham bem, mais do que venham bons. É um pouco o que depreendi da filosofia budista, *the power of mind*.

Não faz mal, digo a Augusto que dirige o carro com seu ar emperrado.

– Não tem seminário, vamos para o *village*.

Já está escuro. Nos arrabaldes da cidade as putas se postam às portas do cabaré. Queria assistir ao show, mas não há condições. Não sei nem mesmo se haverá show. O leão morreu de cirrose hepática, quem anda com o lobo...

E agora, o que faço? Inveja da Marilene, que larga tudo e vai à Europa. Dar curso, dar palestra, largou o marido e tem de que falar, tem onde inserir-se, está vendo? Que inveja eu sinto desta disponibilidade, desta liberdade tão diferente de minha sujeição por não ter por que estar livre é sempre a mesma tecla, borrifada de ameaça: "Deixe-me os filhos, fique com a casa". Não é das coisas que eu preciso, e se me tirarem os filhos, fico de novo sozinha, sem usufruto. Sabe de uma coisa Augusto, vá, meu, vá levar Diana até a casa dela. Deixe-me na Domingos, esquina com a Conde de Irajá. Tomarei o bonde de início desta história tão cheia de resultados, mas de nenhum processo. No bonde pensarei na vida, que remédio?

ENCONTRO

E de repente encontrei-me no Hotel com os protagonistas. Alguns se foram, provavelmente para sempre. A piada contada não foi a dos engenheiros, foi a do motel, errei de pouco. A conversa girou sobre os ingredientes de primeira para se fazerem comidas gostosas, pimentões recheados ou docinhos de chocolate. "O importante é se ter um bom relacionamento em casa" com os de fora não é difícil. Estes, os que se foram com sua filosofia *bon marché* e suas tentativas não igualmente bem-sucedidas de ler Bertrand Russel e a filosofia da ciência. Fica o Antônio, um cordão de anjo e um brinco. Fica um sapo cabeludo que engoli com certo esforço, meu estomago agora é mais forte, meu coração mais fraco. Já não sinto mais a carícia da onda nem o soprar do vento, apenas água e ar: está na hora da volta.

Rasguei dois cartões de Natal que havia refeito com tanta comoção: pra que polemizar quando a vida é mucurana? Que seja, a cada um, o seu.

Entrevejo a Lana no saguão que espera ansiosa pelo filho bronzeado. (Pintou o cabelo com uma mecha dourada, que lhe traga sorte, querida). Em janeiro procuraremos juntas um trabalho num novo Asilo.

A árabe deu-se a conhecer: É tristonho, pois carrega uma sina irreversível – o que há mais triste do que uma sina irreversível?

Ando com muita familiaridade pelos quartos do Hotel, conheço-os agora como a uma velha casa, sem surpresas, sem portas falsas. Até Shebresta apareceu que abraça sua mulher suíça redonda, um pouco sonsa, e se consola bebendo à saúde de Soraya e de Ana Karenina. Nem todas podem ter sua touca preta e seu alfinete de prata e também eu, que você quer, sou limitada pelas minhas sombrias contingências. Berna ri e se esquece numa cerveja gelada, seu caso voltou para Paúba e sua mulher escondeu o pelo negro no biquíni. Lola fez as pazes com o italiano, pode rir agora com sua boca cheia de dentes, as obscenidades de costume regadas a Asti espumante e Faísca pois é mulher que se trata, o regime fique para depois.

A BARCA OU E AGORA?

É, mas em compensação, o que vi ontem... A que ponto estava reduzida uma população. E achavam aquilo natural e tranquilo. No cais de onde havia sido mudada a ilha do psicólogo (como se também fosse natural) as pessoas esperavam no ponto as embarcações. Como não havia café, ao chegar o barco, elas atiravam-se na água e subiam das ondas turvas, arrastando-se no convés, digo, como se fosse normal. A barca levava até a praça da Sé. Quase que eu também vou, pensei, naquele afã que sempre tenho de seguir os meios de transporte, o fluxo que deveria indicar o rumo principal de alguma coisa. Mas resisti.

Molho-me toda, pensei, como vou me trocar, enquanto via os passageiros sacudirem suas roupas, feito galinhas oleadas. O que me causou impressão foi uma moça morena clara, de longas melenas lisas, que carregava no colo um nenê de quase um ano. Havia ido até o "ponto", mas na última hora, havia resolvido deixar para a próxima barca. Vinha nadando de costas, para que o nenê não bebesse a água e se mantivesse apoiado sobre a tábua de seu ventre.

Esperei-a no cimento do cais (havia cais, então, mas o banco de areia encalhava as embarcações: por isso elas apoitavam a distância) e não disse nada.

O que poderei dizer de sensato a esta população semiaquática? Não tive nem tempo de pensar, pois outra barca chegou. A morena pensou um pouco, grudou o menino no seio (sempre para que não bebesse água, pensei) e mergulhou. Quando voltou à tona estava próxima à embarcação, o menino havia-se desgrudado da teta que despontava no seio pálido, roxa como a baga de um morango, com toda a auréola de pontos roxos, também, mas o menino estava seguro pelo braço prático.

Que vida incômoda pensei, a vida de sobreviventes? Ao que a gente deveria realmente se adaptar se fosse sobrevivente de alguma catástrofe – foi nisso que pensei, e aí não se trataria de dignidade humana: viver como animal? Prefiro a morte! – Aí tratar-se-ia de uma reversão ao estado de verme, rastejante estágio da humanidade incipiente. Abandonar de repente toda nossa sofisticação privilegiada e reduzir-se a mera respiração. Como, aliás já começara o psicólogo, evacuado de sua ilha transformada provavelmente em base atômica, ela também.

O mal começa na psicologia do estranhamento. De repente ninguém não conhece mais ninguém. Não esperava isso do psicólogo: quase estivemos juntos, na cama digo, e só não estivemos por excessos de amor, da parte dele, disse, e agora nem me olha, nem me vê; os olhos presos nos seus (suas) pacientes que vão abandonando-o como se abandona um barco, quando afunda ou se pesteia todo. E eu, a única que teria ficado com ele até o fim... nem me reconhece. Será orgulho, será sadismo, vingança gelada que reverte sobre si próprio ou apenas simples desconhecimento, a mente que enfraquece com a proximidade do perigo, se escurece, cega?

Dói-me essa sideração progressiva do fogo do intelecto. O sexo de nada adianta, é um lamber automático, só respondem músculos, mucosas que, desligando-se do centro não seguram nada, quando a mente é fraca. Quem já dizia? Fernando?

Só quero saber de uma coisa: e agora?

A RAIZ DA PAIXÃO

We are Always meeting ourselves: giants, old men, Brothers in love...

O homem é medida de suas limitações.

É de mim afinal que você gosta ou de meus dotes morais?

Do outro gostava, apesar do dote essa, a raiz da paixão.

E foi por seus não dotes que deixei de alimentar sua vida e você feneceu, meio insoluto, na neblina estéril da recordação. Por que voltas agora onde não te cabe, entre os muros da infância emparedada, que não foi decerto a tua? O que vem representar este teu farejar de agora entre coisas também defuntas como a dizer estou aqui com meus enigmas? Mas foi a imagem que fiz de você que se desfez. Não creio ter sido injusta: a relatividade à qual você me relegava, o resto, sinceramente, não pesou. Ou terá tudo sido culpa deste conceito de tempo que impele e rompe e arrasta e mistifica, não sei.

Só sei que nada houve de estável, depois disso.

Vagas impressões principalmente subjetivas e ditar atitudes, sentimentos, só podiam dar nisso, com seu sucessor, nem você nem a rotina. Uma terceira de cabelo curto e língua assegurada, e no fim, vejo, para você também continua, mesmo apesar de terminada, a raiz de sua paixão.

Amamos iguais os três: em sendo amados. E quando falta quem nos ame ficamos secos como bacalhaus. Que posso te dizer? Já não me deixo amar. Já não há quem compense o incessante ruído da criação, formas amorfas ditadas pelo instinto de sobrevivência, não há vida verdadeira. E assim passam-se os dias, e as noites. E quando me vejo de relance apenas digo: É verdade. Isso é o que me falta, mas como tê-lo artificialmente se, dizem, é dádiva dos deuses de outro mundo, não mais deste, com certeza.

OS MAPAS

Fisgaram-me para o almoço na casa do adido. Há tempo resistiria, pois o tipo era de cortar uns doze, mas não tive jeito. A um certo momento o assunto caiu sobre os mapas raros que seu predecessor costumava guardar no 'observatório'. Bem sei o que era aquilo. Ofereci-me com *nonchalance* para ir buscá-los. Ninguém dos presentes protestou ou pelo vinho já estar no fim ou pelo mandato do diplomata estar apenas em seu começo e este já mantido no gelo por todas as facções. Atirei-me com tanto afã que o encosto da cadeira bateu contra a console de cristal tinindo inteira com seus requebros espelhados. Alguém riu, outro mais solícito, fez o gesto de abraçar seu ventre de mogno luzidio. Mas um risco acompanhou meus passos no carpete purpúreo que reveste a espiral da escada, ao subir. Subia devagar, reprimindo a custo a exaltação, afundando a mão espalmada no veludo do corrimão e recebendo um cheio nos olhos os raios filtrados, saberia o nome correto se fosse lúcida, se estivesse lúcida, pensei. Basto-me totalmente com a música deste momento, uma punhalada de vida.

Pego, não pego... não quero voltar. Vacilo diante da estante enquanto aguço os ouvidos, espicho os olhos. Possível em pleno século vinte, que digo, *siglo vinteuno*, acreditar que a alquimia... deixe pra lá, disse o japonês de Hiroshima. Deixo para lá. Só que já não suportarei sentar à mesa novamente. Desço devagar e sem me despedir, tomo o caminho da praia. Te juro, essa missão diplomática escolhe cada lugar para morar. Parece realmente o limite do mundo. Terra, terra, terra e mais terra, sem vivalma. Ou seria um antigo campo de concentração? (Pelos becos e esquinas eu subo ...)

Do que é capaz o ser humano, do que realmente é capaz o ser humano...

Dante de um lado, a bomba do outro, e o sexo no meio! Essa é boa. Sem querer, um chiste. Diga-me Freud. Diga, vá, não tenha pruridos, outros chistes, cara...

Que sexo, cara, que sexo o quê, mito, mito é o que você tem, no começo, no meio e no fim. Mas será apenas mito? Sabe que no fundo escondido, rechaço o fantasma do medo. Se ele pegar a gente, você quer ver? O japonês que queria que eu deixasse pra lá mandou-me chamar, pela Bitu. Ficou até chato, pois tive que ir à pensão onde mora, um troço coletivo, repleto de gente, o banheiro também; e coletivo e não tem portas, o oleado verde no chão e a japonesinha, deve ser filha da dona, passando enceradeira, passando enceradeira, como se isso adiantasse alguma coisa. Ainda bem que tinha sol, já pensou uma pensão com chuva? Mas estava todo mundo na varanda e tive que passar no meio de tanta gente, coitados e daí, até chegar ao quarto que o japonês dividia com o russo, russo bonito, por sinal, mas embasbacado tanto quanto o japonês. Minto. O japonês estava consternado, se assim pode-se dizer, pra você ver o que é o medo, estava tão inteiramente aflito que seu pescoço tinha ficado duro, torto de um lado, enquanto me dizia: é, tudo se materializa. É só pensar no chá, lá vem o serviço completo pairando no ar. É só pensar num defunto, brr. Olha, não te falo nada. Quando olhei pro lado e vi as xícaras de goiana bege suspensas, tinha uma até inclinada sobre o pires, querendo cair, sorri muito, o senhor deve descansar, não há nada por aqui, é só cansaço, fique tranquilo, ia saindo, de lado, logo logo a gente volta, tome um chá bem quente e procure descansar, amanhã a gente conversa lá no clube, está bem?

DOSTÔ

Ai, Dostô, e se não tivesse existido uma Polina Súslova em sua vida! A ela temos que agradecer, tanto quanto à pena de morte comutada.

É verdade, poderia escrever sobre você, neste seu centenário.

Em sua homenagem, a rua Uspiênskaia, outra vez. Não uma rua seca como a do Rio, e eu com o esguicho na mão, tentando umedecer neuroses galopantes de quem no fundo é mesquinho e sem ideologia. Nem outras ruas da infância em que meu riso iluminava o olhar de velho sátiro, verdade que me queira, mas queria, culpado e mistificador, e depois me atirava no rosto esta querença, para se castigar me castigando. Não. Apesar de serem personagens de nossos contos. Quero lhe contar de um passeio pela Uspiênskaia, existia em sua época esta rua? De mãos duras que conseguiam dobrar garfos com um dedo só de unha arredondada e sabiam fazer tudo o que mão de homem já fez, mas que principalmente eram da medida da minha. Que mais eu posso te dizer Dostô? Da medida da minha, você entende? Assim como quando seu marido chega em casa e encontra a moça morta. Ou então quando Nietochka lê a carta de amor de Maria Mikháilovna, amor sem pecado, este sonho resistir à força do sexo e você vai me desculpar, Dostô, outras baboseiras do estilo. Se vocês soubessem como é mais cômodo para a mulher o vício dourado do platonismo do que o risco vermelho do coito vocês parariam de achar mais culpado um, menos culpado outro. Vamos chegar à conclusão de que não há culpa nenhuma, tá, apenas convenção sem a qual não seria possível escrever mais romance nenhum, hoje em dia. É só.

O FIO VERMELHO

Para a turma A caiu Dostoiévski – As noites na granja perto de Stiepantchikovo – para a turma B caíu Pavese. "Anda, Gio, mete-se na turma A, corre embaixo das arcadas!". Joesa parecia mais segura, de qualquer modo só daria para assoprar a uma delas. Fui desembuchando logo todas as generalidades que sabia sobre Dostô. O fluxo de consciência, como percursor dos monólogos de Joyce (por que será que tantos devem ser obrigatoriamente percursores de alguém?) e o dialogismo polifônico que nele havia descrito Bakhtin.

– Anda Gio, põe a data: 1828. Mas da obra mesmo lembrava apenas o que estava lendo no sítio do Rino e agora sentia por não tê-lo acabado. A vida joga e a mim me pega sempre pelo pé. Até que o Rino impressionou-me com aquele chapelão preto, todo empertigado no seu novo metiê, capangas a bordo da banheira preta também, que se há de fazer. "Bem-apanhado, pensei, enquanto deixava cair o livro no colo, pena que agora todo meu interesse seja assexuado". Mesmo assim perdi-me em devaneios.

"O fio vermelho da sexualidade.. esta é uma trama invencível. Bem que o Rorô terminou a descrição da vila perto de Dikanka com o menino olhando para a bocetinha dela... pera lá, é Dikanka ou Stiepantchikovo? Que calor, cara, com todos estes sutiãs apertando a gente, como se o seio solto pudesse cair. Se não caiu até agora, né?" E coisas no estilo. Mas agora, nessa correria cruzada do exame, o que vou assoprar a Giô? No aperto saem-me datas e fatos que em condições normais não teria lembrado, sinto-me capaz de inventar a estória toda. Felizmente o fiscal se aproxima e vem outro aperto, em círculos mais amplos, constringentes como a serpe de quem recusei a mordida. Eu e o cientista louco, não é mesmo?

Ou tudo, ou nada, não foi assim? Escolhemos ambos o nada e aqui estamos comendo nossa própria pele, artisticamente salpicadas de marcos. Agora ele é o prefeito desta vila e eu poderia ser sua consultora... já pensou com que paixão daria meus pareceres cheios de ponderação... seria o céu pesquisar, estudar noite e dia Freire, Lobatchévski ou qualquer outra montaria, Makárenko, quer dizer, apesar de escrever tão grosseiro, coitadinho, haveria de arrancar sumo até dos nabos de Fomá Fomitch e, no entanto, tenho que contentar-me com absurdos como a Regina que me culpa de ter escondido os ossos do cachorro, como se isso tivesse o menor sentido para mim, ou impressionar-me com a estória da empregada que siflava veneno pela boca diretamente no prato dela, ou melhor, com os pelos de pantera que perfuram o estômago e mandam diretamente ao Beleléu. Quem? A Regina. Tenham a santa paciência, mas quem é Regina? Que cachorro é este? E eu, quem sou?

A MONSTRA

Não sei se é mais chato para quem acorda ou para quem é acordado, mas a Grácia não gostou nada daquilo. E ainda por cima, disse, para me pedir uma informação destas, a mim que há séculos estou afastada do ensino.

Grácia tem razão, não sei bem por que recorri a ela. De qualquer modo revi seu rosto, atrás dos muros rosa-cinza da casa na Bela Vista e duas ânforas de porcelana, emblema da origem ilustre do pai ou da mãe? Recordações de outrora, em que todos tínhamos amor-próprio, Luis, particularmente, de futuro gênio financeiro, e no entanto...

Vá ao instituto – disse-me Grácia, lá há de encontrar um ninho de professores!

Lá não era ninho, era uma assembleia. A sala de reunião de igreja metodista, sem orador, ainda. Encostei a pasta verde na guarda do púlpito e não resisti a alguns comentários *off the record* com um professor até então desconhecido, rosto cinza, terno branco, ou o contrário que pareceu surpreso ou divertido, pareceu-me. A conversa estava no seu auge, o homem teria insinuado uma cerveja, mas eu tinha esquecido a pasta verde com todo o trabalho que devia entregar a um professor e agora estava aflitíssima, não gostava de terno cinza e rosto branco, ou vice-versa e sentia uma dor lancinante no peito.

A médica deu-me uma atenção particular. Enquanto desinfetava a ferida ,suas mãos pareceram-me suspeitas, seu rosto esfogueado, sua assistente velha e equívoca. Helás, reconheci a antessala à qual me acompanharam arquejantes.

Ninguém antes delas havia conseguido excitar-se de tal maneira. Talvez a técnica Oshima, agora compreende a iniciação das gueixas e as duas comentavam avidamente enquanto meus encantos estavam sendo postos à prova – Esta auréola cinérea é tão rara dizia a ajudante com ares de conhecedora e este recôncavo é assim que se visita e a médica monstra introduziu não sei qual apetrecho enquanto suspirava tensa por dentro como um enorme gomo desejoso de estourar dolorido de inflamado e pensava é assim então que fazem as viragos, com certeza entendem de mulher melhor de qualquer homem unindo ciência, anátema e deleite e o rosto da médica era tão ardente que não a reconheci mais. Assim devia ser Stavróguin quando seduziu a menina, assim deve ter sido Nobókov ou Raspútin e sabe de uma coisa, que sorte a deles terem podido viver estas sensações perjuras numa época em que existia o estigma do pecado. Sabe de outra coisa, a pasta verde que vá para o diabo e com ela o professor anestesiado e o livro, a norma o compromisso.

A norma, principalmente, com seus cabelos viscosos de ralo de pia, sua gritaria de cocô de cachorro na calçada, a veia verde que lhe atravessa as pernas finas e a vaselina que passa toda noite para fingir que a xoxota é jovem e sequiosa.

INÍCIO

– Estão vendendo o apartamento no meu prédio – disse Ho.

– Não é possível que depois de um semestre de esforços você ainda não saiba tirar a equação de uma reta – disse Lico.

– Espano meus fantasmas – disse Sola. Eles é que não deixam.

Eu que fora deitar enjoada com a descrição que Ze me fez de sua infância no lugarejo perto da Quinta do Sol, estava desapontada.

Em primeiro lugar com o estilo Virginia Woolf: influência e homenagem.

Em segundo lugar com as pessoas que bem ou mal fazem parte de minha vida, da qual tenho tentado evadir-me com relativo sucesso, via imaginário mas que agora, e aqui está o ponto, não consigo mais.

Se a ideia da força sub-reptícia, a ilusão é o motor dessa ideia e sua força jorra inesgotável desde que se acredite. Vivi dois anos tentando contornar o mal que tinha feito, mas agora a realidade me agride até nos sonhos, não posso mais; minha ilusão está morta.

Consolo-me com os cacos, remendeira. O mosaico, a nova unidade que se esboça já carcomida em nascença. Não me rendo. E vou polir estes cacos até que brilhem de luz nova nem que seja a produzida pela vodka do Stanislau homem-gafanhoto: – Deita malandra, malandra, oi malandra... eu sei que a malandra não deitou, mas bem no meio da rua, à vista de todos deixou escorrer uma bosta verde-oliva por baixo da cauda – É por isso, expliquei, que a gente chama de vaca às mulheres que cagam no mundo sem o menor pudor controle ou dignidade. O que me enfurece não é a vaca cagar, mas você achar isso muito vivo e me obrigar a ser respingada por esta matéria, quando não a recebê-la em cheio bem no meio da cara, mas deixa isso para lá, ainda não é hora.

– Se vendem seu apartamento por um preço tão em conta, disse ao Ho, compre imediatamente. O ponto é o mais belo da cidade. Tem vista para o porto e fica numa rua de baixo meretrício, cê quer coisa mais emocionante. Use os dois mil que seu pai lhe deu para viagem à URSS, eu lhe dou o resto. Subimos no Fiat, ele vai dirigindo. Na esquina com o Abade Veiga para num farol vermelho. Atrás os carros buzinam impacientes.

Ele também viu o guarda com o rabo de olho. Resiste ao tempo.

Atravessamos o longo corredor que constitui o apartamento. Poeiras vetustas patinam móveis e cortinas. Principalmente a mesa de centro repleta de quinquilharias.

CACOS

– Lidamos com antiguidades.

– Muito bem, respondo sorridente, aparando a pomba desvairada que se soltou no peito, como quando, como quando, para que lembrar?

A porta abre-se a aparece Imelda. Loira apagada, as faces glúteas, o sorriso também a meia haste, como quem se escondeu durante tantos anos.

– Muito prazer. E como se chama a criança? Sussurram o nome encabuladíssimos. Meu nome. Homenagem póstuma.

Este caco soltou-se. Vive de sua luz própria, mesmo que não seja uma luz nova, pelo contrário, uma luz muito comum, de fraldinhas e choros e carro duro de pagar, agora que a gasolina está tão cara e o Mero só conseguiu trinta aulas no colégio. Mero?

Por que então fingiu todo este tempo fazer ainda e sempre parte das malhas de minha rede? Não precisava. Não é o único caco que me resta.

Deito-me de bruços e sinto ainda na boca o gosto acre do churrasco de vaca. Churrasco para os afoitos. Nunca resisto até às cinco horas em que é retirado do espeto o pedaço de picanha. Agarro-me logo à linguiça salgada e ao picadinho paulista. Bem-feito, quem mandou?

O sonho chega rápido e pesado e vejo estendidos na praia corpos ao sol. Entre tantos sobressai-se o de sua mulher. Uma toalha enrolada na cabeça, o rosto grande coberto de creme, o perfil pesado.

Eu passeio com um nenê pela praia num top azul. Foi uma babá que me deu para que fizesse pipi. A urina saiu de pênis grande do menino muito aliviado e eu subi as rampas de escada do seu prédio de três andares e superando em volume a voz de sua metade gritei-lhe aquilo que para ela seria suprema verdade e para mim ínfima baixaria: "Eu sei porque ele não casou com você, fiquei sabendo, ele não casou com você!" Depois atiro-me desvairada pelas escadas abaixo, em tempo de receber na cabeça os cubos de gelo que ela encontrou à mão para me atirar.

Bem-feito, penso ao sentir as pedras duras em meu crânio. Quem com vaca se põe, penso eu, acaba assim mugindo que nem ela. Corro até o ponto de ônibus à saída do prédio ainda em tempo para ver você ao longe, olhando de esguelha da praia de que maneira o impasse se solucionou. Aparentemente, como sempre, sem tomar partido. Mas que partido poderia tomar se sempre esteve escrito que o seu rumo é garrido número sete, peixinho e buceta ao cair da tarde e queixas metafísicas aos sábados e domingos?

+ CACOS

Para onde vai este ônibus, pergunto ao motorista.

– Para onde a senhora quer ir?

– Para cá.

– Pois ele vai para lá.

– Perfeito, digo, subindo, vou para lá.

O ônibus vai e vem. Penso. Vai? Então está bem.

Terei uma corrida de tempo, enquanto volta, para pensar no Grande Circo que me espera no ponto final.

No Grande Circo, Antonieta está dormindo nos braços do homem que arrumou com tanto estratagema. O que importa se ela é velha e se suas faces parecem pele de carneiro secada no sol? O que importa se o homem não a ama? Basta-lhe segurá-lo em seus braços e agradá-lo com falas mansas e promessas polpudas. Homem se adapta, minha velha. Queixa-se, mas se adapta que é uma tranquilidade. E daí que as cartas foram trocadas e que você ficou sabendo da Carmelita? Homem é que nem gato, acaba voltando aonde tem comida farta e cama macia. Ainda mais hoje, ainda mais aqui. Adapta-se até com cadáver de cara laqueada, o que quer mais? Só que este caco também não vai ficar pra mim. Nem apagado como ele já está, se é caco tem que estar ao menos solto, o que é que há?

Vem me buscar o Amâncio e o amigo. Saímos de Fiat e desta vez na esquina com Abade Veiga não brecamos a tempo. O guarda apita com força, todos olham. O carro retrocede e eu me apresso a bater piques, beijo Rosa. Rosa é outro guarda corpulento que fica no cruzamento, de conluio com o guarda que apitou. Ou beijo, ou multa.

Já beijamos, explico. Já beijei. Amâncio dirige com desenvoltura pelos mesmos caminhos do Mero. O bairro incrementou. Estão até instalando novas galerias de esgoto, explica o motorista enquanto o amigo me olha com os mesmos olhos que tive outrora quando acreditava na ilusão. Olhos cheios de brios, que não se vendem, não beijam rosa nem azul. Que não quero ser um caco no mosaico dele, isso já entendeu de cara. Que não sou solta, descobre-o agora, em tempo.

Então não quero, dizem seus olhos, como outrora disseram os meus. Então não quero. Levam-me mefistofelicamente para a banca onde será decidido meu destino. O que há para decidir? Que destino o quê? Só existe a teia invisível que nos retém. A cada um no seu.

Mesmo sem Sola estudarei a equação da reta que passa por dois pontos P. e Q. e que intercepta todos os eixos possíveis e principalmente os i m p o s s í v e i s.

LIETE

Era um convite na casa da professora. Deixo-me arrastar para o vício como aceito um convite para dançar. Com vergonha e constrangimento, mas aceito. Bebemos e passei a sentir vergonha pela professora.

Aliás, quando alguém bebe em minha presença, sempre receio as confidências. Que cansaço descobrir que infalivelmente o ser humano é fraco e que justamente o álcool é a válvula mitral das lamentações.

– Agora que estamos todas tão liberadas, o pau dos homens não endurece mais.

– Pronto. E quem disse que antes endurecia? Quimeras, Liete, quimeras. O cara é moço, com liberação ou sem o sexo é peremptório (dizem). Se está na curva, agora ou antes, todas as desculpas servem. Não pense você que Biades tem filial, e a culpa, onde ele mete a culpa? Ora, que culpa? Quem é que fez as leis da moralidade? Não, senhora. As galinhas domésticas apenas as guardaram e as guardam ainda hoje, bicando as possíveis rivais, repare, apenas possíveis, apenas bicando. A minhoca ninguém engole. E se for venenosa? Ouça o que lhe digo. Homem, casou, morreu. Eu sei, eles enganam bastante, principalmente a si próprios. Começam a achar que a mulher anda de bobe e que a barriga já está passando da conta. No seu caso sinceramente não sei o que possa ter sido, pois eu acho você tão bonita. Yoga, canta, sapateia e (?) ainda nem tem quarenta anos. Cê quer uma raiz de taúba?

Aí de repente senti-me tomada por um desejo tão frenético que levei o Mário até o corredor. Não sei se é porque ele tinha tomado taúba a semana inteira disfarçada com pó de guaraná também disfarçado no café da manhã ou porque, ou porque nele o álcool entorpece a vontade, abriu a porta do quartinho e caímos aí mesmo no chão numa viagem marítima total em que o barco se confundia com o mastro e a vela com o *pit-cock* é assim que se fala? Ou não se fala. A veluma, e como é nome da afrisca. Se é desses dois eu lembro. A memória, cê desculpa este papo idiota. Não é eufemismo, o que que há: pau, caralho, porra, buceta, é que foi assim mesmo, cheguei a sentir-me mareada, com enjoo de mar. E pensando no meio que eu tenho sorte de não estar acoplada aos Alcebiades da vida. Cê me desculpa isso também? Mas, ó Liete, você precisa dar um jeito nisso.

A CAUSA PARALELA

Você me pergunta tanto como aquele artista de Gógol, Grigóriev? Trigórski, aquele da perspectiva Niévski e quando você me pergunta é como se me projetasse no quadro atrás de mim ao mesmo tempo em que me envolve no quadro que tem em mente, que um dia, logo, súbito pintará, mas, aí, faltam-lhe forças e eu fico assim suspensa no ponto de interrogação que não se conclui pergunta cabeluda e eufêmica sem o devido sustento. O que faço com você?

Dá-me a impressão, sua obra, de uma massa gasosa, algo que não se configura e a quiromante diz este moço tem pretensões, mas não tem talento. Digo eu, é um moço tão inteligente, tão culto, tão esforçado, mas lhe falta o risco. Está sempre beirando o grande passo mas os compromissos burgueses o retém: pise no seguro no agora e sempre. O que será o futuro se não a repetição do passeio? E assim, de nada adianta. Rejeite esta identificação – não lhe fez bem. A moça singela e generosa que ele te projeta não condiz às tuas aspirações. A dama vivida e libertina à qual outro se abebera dá trabalho, mas é a única imagem que ainda seduz além dos Damasos também os Jorges. Simples todo mundo pode ser, mundanas, poucas. Os pequenos its que conformam uma aparência, por que os pôs de lado?

Assim naquela noite refugiou-se na casa dos

Fonseca. A mulher – empregada loira de dedos gastos redimiu-se falando inglês apertado com o velho urso que é o marido. Os dois estão por uma sombra que ainda brilha e eu percorrendo o peito ainda quente de outro corpo tentei, tentei na sombra reconstituir aquele simulacro de passado. Impressionou, mas de nada, é natural, teria adiantado. Houveram as cirandas e muito tempo passou. A única frase que o velho urso me disse é o consolo inútil que o tempo permite. Estávamos com o convite assinado, mas as outras não deixaram. Por inveja. Pela sua beleza, seu porte, sua doçura. Agora que tanto tempo passou eu me pergunto se aquelas armas mesmo não fossem toda minha sedução. Se é que deixei de colher louros inesperados justamente porque abandonei a imagem. Ele, ao contrário, a sustenta e pensando bem foi esta imagem que me seduziu. No fundo ele também é pessoa tão simples como o Barbagianni, só que se envolve em mistificações, cuja interpretação me apaixona, mas se não as houvesse não me apaixonaria. Não é natureza não. É esforço e disfarce. Segundo o último ato da carreira.

A RELAÇÃO ESSENCIAL

"A relação essencial da mediocridade não é com a morte, mas com o desejo e o imaginário do desejo, através do qual ela procura escapar de si mesma e, simultaneamente, acaba se reproduzindo sobre outra forma..."

– Papagaio – dizia ao Pedrinho, você que é psicanalista me explica, é verdade mesmo?

– Bem, é claro. A relação sexual é uma grande válvula. A pessoa se relaxa, relaxa a tensão, quero dizer, esquece uma porção de bobagens.

– Sabe, estávamos à mesa sobre bancos de madeira, sentados, quero dizer.

Eu estava com aquela roupa preta decotada e franzida na cintura e o Junqueira me falando me falando... Altas filosofias, não pense. Um rapaz tão sensível... De vez em quando os olhos se encontravam, nossos olhos, os meus e os dele e aí ficávamos um segundo sem falar, um impasse delicioso e eu transbordava de vontade de que ele me roçasse mais com o braço, sentia uma ternura tão peremptória, pungente quase e me levantava com a desculpa da sopa.

– E então

– E então nada, você não compreende o que é este desejo difuso, esta atração contida, esta imensa estima, porque neste momento é-se o ser mais estimado do mundo. Bastaria legitimar este estado e perpetuá-lo.

– É. Você excita o cara e depois não lhe dá.

– Não lhe dou o que não é legítimo dar. Depois descamba, meu caro Pedro. O segredo é não permitir que este desejo se realize. Um desejo bem concreto, nada de imaginário de desejo. E que não se realize em sucedâneos.

– O que é que descamba? Você deu, viu se gosta ou se não gosta e fica sossegada. Por algum tempo, ao menos.

– Pedrinho, você fala com o bom senso de uma lavadeira. E depois, você quer me dizer? E se você gostar? Você quer me dizer em nome de que perspectiva você vai legitimar a urgência do desejo que já se tornou inelutável?

– Então não dê. De qualquer maneira vai acabar sublimando este desejo, ou seja, quem o disse, reproduzindo-o sobre outra forma...

– Mediocritas, mediocritas

– Que o que, minha beleza, não escapa dessa chuva. Arrume outros alcances.

– A defesa da pátria, a revolução, em que a morte então seja envolvida.

Aí fui até o balcão e a japonesa insistindo para vender sopa.

– É uma receita especial, cheire só: bucho com maçã. A cor era delicada e no fundo da vasilha ama-

relada dava mesmo para ver as fibras da maçã. Eu fico com ela – falei. E ainda fui até o supermercado Ijin e levei duas bolas comigo, sem pagar. Eram duas bolas usadas e pensei – as crianças vão brincar. Sempre é bom levar alguma coisa do supermercado. Não tenho paciência, mas se fizesse a conta tenho certeza que estão me roubando.

Assim levei as bolas, a sacola cheia e quando voltei à mesa, não é que estávamos tomados pelo mesmo delírio, pela mesma expectativa. E nessa hora não me importou mais nada, nem mesmo o livro do Napoleão que me dizia verifique se é o caso que ele mereça mesmo seu amor. Foi como naquele dia que quis cabular a aula e o bedel me ajudou a fazer a assinatura e depois foi contar tudo para o diretor. Não é o momento da queda, vê, é o momento da adesão. A queda é outra coisa, é quando o sistema é minado e já não há alternativas. A falta de alternativas é a única condenação.

Neste momento é claro, só a morte. O que preservar se não há como fazê-lo?

TELA

Se fosse pintar escolheria cores quentes e apagadas. Cores de lavanderia automática misturadas com terebintina e vapores de exaustão. O fazer solitário de um prato giratório que mói todos os lixos da alma. Até que, por causa de uma glande que se interpõe nos interstícios ele de repente enguiça. Mas consegui empurrá-lo com a vassoura e também ligá-lo. Ao levantar a tampa vejo apenas sujeira. Sujeira da grossa, quem diria que houvesse tanta. Mói, prato, estou afeita a resíduos. Consolar pelo desolamento? Mas eu tenho esperanças, alimento o desejo, mesmo que a ilusão tenha me abandonado. Como pode o estoico separar-se de si mesmo e pretender com isso unir-se ao universo contemplativo?

Moral provisória, moral provisória, moral que se sabe cerceada pela ação, caminho a percorrer de acordo com suas próprias possibilidades ignoradas. Que encanto esta Ignorância, que quimera. “Seu poder está unicamente no jogo do pensamento com a existência, com as probabilidades de ser, até o extremo do paradoxo e do absurdo, sempre um jogo”.

Ah, Sísifo, que desperdício! Ao menos seja-nos dado mudar o jogo! Mesmo que o final espreite inevitável, que haja caminhos vários de se chegar a ele. Assim, por exemplo, nosso jogo que recém terminou. Para que recomeçá-lo se já revejo os mínimos detalhes, até a frase sei de cor, as cores da inflexão, os abismos de seus esquecimentos, o oco de sua imaginação, o vazio de sua promessa? A emoção está no itinerário, nas estações intermédias, nas possibilidades ignoradas de si e dos outros, aí é que está.. Já no jogo pelo jogo, Sísifo, reconheço o processo, preâmbulo da morte. Cadeiras estofadas de plástico branco. Um velho piano no chão de vinil, ouvintes que bocejam: improvise – o microfone é seu. Mas digo o quê, meu deus, a esta plateia? Quem era o preto que surgiu no passeio, símbolo do quê? Nem eu mesma consigo imaginar, por mais que me esforce. Discriminação? Lodo do calor humano? Não sei, juro que não sei. Só sei que o surrealismo é libertário e que quando for pintar escolherei cores quentes e apagadas.

POLIS

Aquela noite que me encontrei na casa do Jarbas passei por uma entrada fantasma disfarçada em toalete. Fui entrando assim de lado e continuei de lado mesmo quando tinha já entrado, olhando de relance para o espelho e tateando o chão com a ponta do sapato até sentir o gradeado do ralo. É uma pena que não saiba química, pensei, enquanto descia pela tubulação. "*Expliquez le phénomene de Kerr (rotation du plan de polarization de lá lumiere reflechie dans certaines conditions sur la surface polaire d'un aimant).*" Assim estava escrito no quadro negro da primeira sala.

Por que será que o ensino ligado a algum mistério passa a ser tesouro? Pensei lembrando-me dos portões escancarados das escolas públicas de minha inútil adolescência. E tesouro de poucos, entenda-se. Mais ou menos como a Opus Dei, a TFP eteceteras, eteceteras. E como os discípulos de Leonardo, escolhidos por sua beleza e não por seu talento, nunca deram a falar de si, assim estes companheiros, escolhidos por suas carências básicas, etecetera, etecetera. Mas, e as *private schools* da velha Albion? Aí são os super-dotados, olé, os cursos de elite. Lembro-me na minha inútil adolescência de como me juntava às hordas pseudo socialistas ávidas em nivelas "socializar" mediocrizar tudo o que tivesse o rótulo de elite (Vertente TFP, não há ilusões passíveis, a não ser o mero individualismo) mas, mesmo assim, é a postura que importa. Agora, com a lucidez da desmitificação acredito que o que é de todos será bom, jamais excelente. É que a quintessência se revela nos extremos, nas pontas, não necessariamente no desvio.

(Desvio, para os pósteros, é o preço da exploração). Por que a excelência deve obrigatoriamente deitar suas raízes sugadoras na grande massa explorada que a alimenta? A grande massa que fique com sua barriga cheia da comida física do dia a dia, se bastando com ela e combatendo o diferente: este o drama comum ao socialismo e ao capitalismo – só que no primeiro o diferente é sacrificado e nos segundo é levado, para conservar-se tal, a sacrificar. Mas eu ia contar uma coisa tão diferente: de como a casa de Jarbas me pareceu encantadoramente misteriosa, cheia de arquiteturas noturnas. De como a boate para a qual ele ia fosse estranha e noturna, de como ele tivesse deixado de me apaixonar por um único motivo: eu havia ido fundo demais em seu conhecimento. Nada como as aparências para o amor. A nobreza é uma forma de ideologia, um *parti pris*, que vale enquanto vale. Falou e disse. Desmonte esta nobreza, dobre esta teimosia e terá destruído um homem, *voilá*.

Que mais, hein? É relevante o fato que tenha ido ao Rio com a bagagem trocada ou que a Carmencita tenha aplicado ferro em meu uniforme branco deixando as marcas indeléveis da queimadura?

O POTEGUE

Ai, meu. Abro o portão da rua: que é isso seu? Uma feira de antiguidades bem na minha calçada. Velharias, melhor dizendo, pavorosas, mais a sujeira, gente, a sujeira que esta turma fez no chão da minha calçada é incrível. Parece feira mesmo, feira de bairro na hora do desmonte. Até caminhão encostado tem, mulheres gordas e moleques suspeitos, também.

E eu que havia marcado com seu Pedro bem em frente à minha porta às sete horas em ponto. Pego a menina pelo braço e perfilo-me entre as barracas. Que maçada, quero significar com minha expressão do lábio superior à esquerda.

Seu Pedro alcança-nos de cabelo emplastrado e olhando para baixo. Reparando bem, porém, os olhos dele não têm nada de servil. De qualquer maneira, penso, chegou. Vamos até o carro. Vamos. Vamos.

O carro não está na outra rua. Também, nessa, como poderia? Bem – penso – com essas e outras vou pagar-lhe apenas o trajeto da vinda. Fica mais em conta e vou acostumando a neneca a voltar com a Petra. É isso mesmo. Mas cadê o carro?

Seu Pedro caminha lentamente, mas nada de carro. Já é demais, penso. Que horários ele poderia respeitar se deixa o carro perdido por aí? Sabe de uma coisa?

Seria tão legal se as crianças fossem com a Petra

na ida também... Finalmente paramos. “Isso é seu carro?” O carro está desmantelado. Desta vez o olhar dele foi golpeado. Mas não chega a ser submisso, agastado, como quem se rendeu a uma evidência. Algo como se os ladrões fossem seus cordiais conhecidos, mas o malfeito está aí e ninguém pode desmentir.

Sacudo a cabeça. Ele dá alguns passos em volta do carro. Digo-lhe: seu Pedro, nada feito. Volto com a menina pelo braço. Passo pelo fim da feira. Coitada da vizinha, veja só as margaridinhas dela. A tábua da bancada da mesa pegou bem no centro da touceira. Apresso o passo, pois algo me diz que tem para mim também. Maria espera-me na porta com olhar de orgulho e as mãos nos bolsos do avental. Chispaneoso! Chegue Dono! Chegue dona Ororá. Nós ganhamos um potegue. Um o quê? Desde que mudou de dentadura não entendo o que ela diz. Olho cheia de aflição para as marcas de gosma ao longo de todo calçamento da entrada. No fundo, bem no lugar onde ficam estacionados os carros, com o ventre azul inchado como uma medusa aérea vislumbro o potegue semiescondido na moita das margaridinhas. Chispaneoso! Chegue Dona Chispaneoso! Chegue Dona!

A PORTA

Meu anjinho, senta aqui perto da mamãe para comer, vem, rápido.

Enquanto lamentava com o meu vizinho de mesa desses hotéis-fazenda onde a gente vai e acaba se refastelando, sobre o absurdo de meu acompanhante ter-se mandado numa hora dessas para fazer um favor a uma conhecida nossa que quer alugar um apartamento e não sabe decidir sozinha. Ele foi para a rua Santo Antônio com a desgrenhada da piranha que é a Marieta só porque eu disse um não redondo a ela e a ele, onde já se viu a uma hora dessas ir ver um apartamento, só porque é a piranha que pede, que raio de necessidade que os homens têm de serem solícitos, magnânimos, indispensáveis para com as pobres piranhinhas indefesas, enquanto isso, o anjinho ia fazendo seu sanduichinho de linguiça e enfiando tudo na boca, salpicando tudo a seu redor sob o olhar crítico do maitre de casaca e a revoada de garçons variados. Levantei-me preocupada não pelo volume da linguiça quanto pelo alcance do estrago: boca suja, mão suja, toalha suja, um vazio de cadeiras a seu lado um tanto sintomático. Que é isso, meu anjo, come direitinho, garfo e faca como a mamãe te ensinou.

O maitre aproveitou para trazer-me a conta. Gesto descortês, disse-lhe, ainda nem acabamos de almoçar. Mesmo que tenha passado já dos cinco mil, sinceramente não sei como, não sei o que o senhor andou pondo na conta, isso é o que vamos ver. De qualquer modo retirei o menino da mesa e me vi pensando como é que ia pagar esta e a conta do táxi para um lugar tão longe se o pai não voltasse nos apanhar, o que era bem possível, dada emancipação que nos assola e o gênio esquentado que ele tem.

Saímos para o pátio. Juca estava dócil e triste, coitadinho, sentindo falta. Choramingando a esmo sem ter o que fazer e reclamando um brinquedo, um amiguinho. Subindo a escada para o quarto prometi-lhe um presente enquanto pensava que era hora de soltar a touca e de me arrumar para enfrentar a visita, o domingo familiar eternamente esperado. O cabelo choveu debaixo do barrete numa onda espessa cor de cobre. Bonito, pensei olhando-me no espelho, santo deus o que eu faço agora, o menino chora e eu não tenho presente nem dinheiro, a própria diretora da revista diz que ela não tem a linha para o que eu escrevo, vai ser idiota assim na China, quem mandou meter-me com mulher neurótica, bem feito, eu também querendo sempre dar uma de samaritana e o horóscopo que nunca, nunca devo ler dizendo dia bom para todos os signos. Nessa hora irrompe pela escadaria um grupo de viragos. Bombacha, bota e afro, será a marca registrada? Será que elas não entendem que assustam até mulher, o que dizer dos homens. Boca cala-te, uma delas é a Regina, professora do

Guido, quando ele estudava na escolinha Violetera e caiu tão bem o presente que ela ficou me devendo depois do perfume francês que lhe mandei no fim do ano e que me entrega agora, para o dia dezessete.

Querida, amor, beijo para você, vamos abrir espaço para você na revista, claro, no próximo número, estou me sentindo muito produtiva: sexo e poder. Que sexo será esse hein, penso aliviada já que Juquinha desembrulha o presente, decerto não vai gostar, mas fica ocupado enquanto descubro uma carona, gostaria de saber quem, o vizinho da mesa! Seu Rubens, o senhor já está de saída, vai embora tão cedo? Daria para nos levar até a cidade, o menino está cansado e meu marido... está demorando demais. Estamos no carro. Juca diverte-se com um saquinho de plástico cheio de porcas e eu seguro no regaço metade de uma porta. A outra metade está apoiada no banco de trás. Trata-se de uma porta lavrada e envernizada que Seu Rubens mandou entalhar na Fazenda para a entrada de sua residência. É assim que eu faço explica-me, em qualquer lugar que eu vá, sempre carrego um objeto. Uma garrafa para o vinho, um galheteiro de mesa dos que usam para destilar a pinga, até uns vasos de geleia curiosos de rolha de cortiça... Minha mulher não entende o prazer que sinto nessas coisas, diz, e sua mão de unhas aparadas aproxima-se em direção à minha coxa, você é um tipo tão interessante, se fosse seu marido não deixava você aí dando sopa, não senhora. Ai, minhas feministas, penso, enrijecendo-me com a vontade explícita de derrubar a porta sobre o motorista e junto com ela uma porrada de porra, de escárnio de tabefes, qual é o papo seu Rubens, estou tão cansada dessas coisas todas, seu bafo me dá nojo, nojo, entende, não acho graça nenhuma nessa sua mão mole que me aponta, sexo tem lugar e hora e mesmo noutra hora, sinceramente só sentiria desprezo, vamos Juca, largue-me aqui mesmo, seu Rubens, pare o carro e tire essa porra de uma porta de cima de mim, caralho!

INFLUXOS

Lama. Ainda lama. Blocos inteiros de carnaval, e pareciam sentir-se completamente à vontade. A direita os amarelos com xique xique, no centro os azuis com bumba bumba. O lateral dos prateados, enfim, uma inteira escola chafurdando. Nós estávamos à margem, à espera da condução. Como se algo pudesse rodar por aquela via. A uma certa altura, lembro mesmo que falei para Anita: "Vamos nós duas". Afastei-me do grupo que, pelo visto, nos retinha com sua presença nefanda e me aproximei da margem. Não é que o bonde apitou naquele instante? Faltava a pasta, os cadernos e os sapatos de Anita. O motorneiro não esperou. No entanto, preparei tudo. Outro ônibus veio, a bordo uma inteira exposição de sapatos. Como esta gente esquece! Bem na hora de descer, Anita resolveu experimentar um par amarelo. O cobrador viu e teria cobrado, mas eu disse: – Larga, Anita, pra quê?

É um sapato de gente grande, com salto, sem correias laterais como o das solteironas (existem estas coisas?). O cobrador olhou feio e nós descemos.

Minha casa é bonita. Os ambientes amplos abrem-se um no outro, sem porta alguma. O falecido Scarpa projetou e meu genitor não conseguiu estragar de todo. No entanto, deixou a velha empregada para que, com seus influxos, empesteasse a vida. Influxos são entulhos que ela prepara em canecas de sujeita encardida nas dobras do alumínio, por exemplo: camomila. Uma peneirinha de metal, um sapatinho (sandália de preferência e branca) de criança, uma planta inteira desse nome, seca, com raízes e tudo. Deixa ferver e desliga.

Claro que nunca tomo dessas porcarias, mas o fedor que invade a casa é insuportável. Parece rabo de galinha choca. Foi isso que me decidiu.

Não sei se era também a impressão deprimente que a viagem me deixou, viver, lutar tanto para quê, esse mar de lama todo, sei lá. Fiz minhas trouxas e tchau mesmo. Se pra viver numa casa você é obrigada e se infernar com uma empregada desdentada e louca, prefiro viver num buraco onde só tenha eu.

Fui e até agora estou. (Só me arrependi de não ter ido antes). E você também Anita, submissa a uma galinha-fera que está continuamente a lhe bicar a roupa, as mãos, o cabelo, o rosto, tome chá, Anita, seus cadernos, sua pasta e seus sapatos. Nem quero entrar. E diga para seu pai sabe o quê? Que estou farta de sua honestidade. Tenho o maior desprezo por este meio batido de comprar sua boa consciência. É um ser sem ousadias, sem rasgos, que não conhece os extremos. Viva ele nesta ambiência morna que considera viva, pois quem não tem dentro de si nenhum recurso ofusca-se com qualquer lamparina.

Cheira-me sua honestidade como as penas de

galinha que acabo de deixar. Ele que trepe com a megera que o espera pro jantar e dê suas voltinhas na praia ao amanhecer. Infantil, ridículo, barato. Será ele o rato que sonhei? Não creio, não chega a tanto nem a tão baixo. Mantém-se rigorosamente no meio-termo.

O PREDESTINADO

Não é Liuba. Não é filho de Liuba. Não é Jô. Não é pai. Não é rato fraco que morde a mão. O passado é venenoso. Não é a ele que se haverá de voltar. A quem, então, se sou fruto dessa contingência e o deslocamento geográfico de nada adianta, diz Rado, quando se carrega a problemática nas costas. Ou a expectativa? Por isso, se não há caso do acaso com o que se quer... É propor, propor e projetar, a única maneira de intervir na realidade e, a partir daí, a repartição: reacionário e progressista. Ou simplesmente passadista...

Mas então, aonde foi aquela que construí e não houve? Um pretexto que se transformou em barreira. Agora pede que a abata. Muito O.K.

E depois? Ahn? Sobra-me o mar plácido com marola e brasa leve verdinha como seus olhinhos, e depois?

O meu predestinado tinha barba que emoldurava o rosto. Barba castanho escura. Alto e másculo, a bordo de uma Variant com a mulher do lado. Mulher muda, omissa. Mas do lado. Mas mulher. (Estarei revertendo?)

O carro ofuscou-se quando corria ribanceira abaixo para fugir ao estupro das formigas. Tinha caído em cheio, com esta mania que tinha de enrustir-me em lugares úmidos, verde-escuro e noturnos. O que procuro já não existe mais, virou boneco velho de papelão. Monstros carnavalescos que levantam e abaixam as mandíbulas empoeiradas, museus de formas ressecadas que povoam de terror meus olhos eternamente crianças. O macho não existe. Será que não quero entender, sempre à espera do predestinado. Não existe como força autônoma generosamente disposta a passar por cima de tanta aparência, perseguindo o ideal que tem em mente, e alcançando-o inevitavelmente. O ideal? Ora, eu.

Que estrutura férrea a deste arquétipo, não quer me soltar mesmo enferrujada, ora sou eu que me encrusto como mexilhão do esgoto, não quero me largar como medusa corrosiva.

É claro que a alternativa do Leo nem me passou pela cabeça. Amigo, irmão, sem nada mais cogitar. A Vera já não. Gostou do elevador-gaiola que descia na grade embutida de veludo cinza. Gostou dos vasos de esqueletos de folha. Gostou da tampa de vidro fumê. Gostou do chão lúcido de lajotas verdão. Gostou das mãos de Leo suaves como a fala e deixou-se ficar como um anacoluto, um assíndeto e a Maureen sorrindo quando com um pouco de perda lhe perguntei como foi: Gay.

Não é dada a entusiasmos a Vera.

Assim fiquei um pouco desgostosa. Não sou afeita ao que está aí. Em compensação, o que não está não é para mim. Então, onde é que está?

Por isso quando a Variant buzinou, buzinou, ofuscando-me em cheio com o farol, parei. Iam à reunião do círculo, seita, partido, maçonaria ou o que quer que fosse, e eu, eu soube então que também ia. Mas que brabo o rapaz! Valente! Terá sido para me impressionar? Também por isso (já me contento com menos). Insurgiu-se veemente contra a dobradinha preparada: Alfredo e Deus. Que Deus é este, ara, e assim foi citando Goethe e ficando alterado até que, até que se retirou da sala e eu atrás, num fogo de paixão. Pálido, exaltado, mártir por causa de uma causa! Já pensou? Quisera aplaudi-lo, quisera confortá-lo, quisera tudo, tudo, tudo mas a mulher estava lá e eu já não sabia mais. Amar em silêncio? Dona Ana me dizia levantam-se ventos fortíssimos, correntes elétricas quando dois se querem, irresistíveis. E depois, elas se vão? Dona Ana?

Pro homem *in praesentia*, pra mulher *in absentia*? Que homem, que mulher que nada... onde está o continuum, onde está o sentido se tudo o que há de bom só é bom no instante! Recusado.

E lá vem ele, agora com o catálogo de joias. – Se tivesse escolhido esta de cento e cinquenta, teria sido presente meu, mas um milhão é demais. Não está em mim.

(Ai, ai, ai, então, se me contentasse, porque sonho agora com este rato esbranquiçado e fraco que carrego na mão e não jogo em nome de um passado, de uma onda, imagine, e o rato me morde a mão! Ainda bem que não chegou ao sangue! Peste! Peste de quem quis e não soube. Morre agora, rato. Morre, sabe como? Sem perdão. Morre com todo meu desprezo, meu sofrido esquecer). Mas então, era o instante, o vento e a correnteza. Fui à cozinha, o meu forte. E preparei não sei que barbatana numa cumbuca plúmbea e o resultado foi fatal. Mas a mulher estava lá e o instante passou. Pergunta-se: quem era o rato?

Numa solidariedade forçada, estou também enfurnada. A lama chega-me à boca, boca que queria correndo pela campina. Não vejo caminho por terra.

Por mar chego ao fim da viagem. O interior do navio parece um ônibus. O vizinho é um velho que ouviu ou não ouviu Lear. Convida-me à sua casa, mas minhas malas as deponho na estrada enquanto rendo à tia a quantia que me pede de volta. O preço da opinião pública. É o que basta para que meu olhar caia no cais onde pus minha panela. Espero que seja para esfriar, pois se foi para aquecer, estou perdida. Os atuns gigantes cozidos que estão ao lado dela vão distanciando-se do atraque, já meio carcomidos pelos tubarões. Minha panela é de ferro. Peixes na água suja que a água arrasta. Minha mala está cheia. O preço está pago. A panela é de ferro. A casa do Lear não fica longe. A tia deu-se por satisfeita. O porto. O fim da vereda. Agora, a travessia?

ESPORRO Vamos convir que esta história das entradas do cinema não estava muito clara. – Eu tenho as entradas – havia dito, puxando do bolso não sei o quê – Passamos pelo barril giratório e entramos. Um grande salão parcamente iluminado e mesinhas de restaurante quase deserto. Come-se em todo lugar, até dentro do cinema, porra! Num tô a fim de comer em espelunca nenhuma, sabem de uma coisa – estou farta de seus papos grosseiros, chata pra cá, caralho pra lá, porra toda hora, estou farta até à boca, sabem de uma coisa! – Voltamos no mais absoluto silêncio. A fidelidade de M. para com esta dupla é algo que não consigo atinar: o que será que ele encontra neles, (?)! É tão fundamental para ele esta vitalidade espúria, este alternar-se de impropérios e lugares-comuns, este incenso pegajoso que lhe despejam, em cima como merda quente, e eu, que papel represento nisso tudo, realimentam seu ego, mas me borram toda. Chega. Chega, disse ele arrancando com seu alfa cinza. Fique com a casa e com seus livros. As crianças vão comigo. Para onde, penso, desgraçado, para aquela vaca gorda que o criou assim egoísta e impenetrável, na submissão contínua ao seu silêncio genial, para que a menina engorde e reproduza ela também, entre macarrão e bolinhos, outros seres de dedos roliços de unha curta e de sensibilidade embotada.

Estou só. Isso, sabem, é o que sempre temi. A única coisa que eu não quero, dizia sempre, é o desperdício da solidão. Cozinho tão bem, sei lavar roupa, passar, arrumar as gavetas, acender uma lareira. Limpo o chão com um carinho visceral, o meu desvelo é tão grande, topo qualquer parada, mas agora? Aluguei o quarto das crianças a duas velhas, mãe e filha. Às vezes ainda me engano, esqueço que não é mais como era antes e entro, descuidada, no que já não me pertence. O que vejo me dói como água quente em cima das feridas. A casa desfaz-se. No meio do corredor apareceu um túnel que dá direto no porão. E lá no escuro que tento refugiar-me como um rato, visto-me atrás de uma parede, mas têm homens olhando por todo lado, encanadores, eletricistas, agora eles moram aí, nem sei como aconteceu, está raça toda tomou conta e eu não tenho mais onde ficar. Que faço, quero saber que faço agora, por favor.

COMPLÔ

Amor ou Temor? "O convívio para os homens é algo que não dá alegria e sim, pelo contrário, um enorme prazer, quando não existe poder capaz de manter a todos em respeito". As paixões: orgulho, vingança...

Como é que ia ser mesmo a carta? "Aceito sua ousadia, conquanto que sua materialização ocorra em futuros próximos e não apenas em passados remotos (inverter)diz a poesia: onde o amor acaba começa a morte-jardineira". Ou então: "parafraseando o sisudo e agora casto (!) R.F.: muitas palavras atrapalham, especialmente quando erradas."

Quanto ao resto, um complô subterrâneo. Provavelmente na rede do metrô. Os infiéis tomaram a terceira linha. Era risco seguro aventurar-se por lá. Você, mole e dispensável, foi, com aquela massa de bondade insossa que não interessa a ninguém. Só que não a pé, o único esforço de minha parte reduziu-se a esta caridade. (Sabia que era morte certa). De trem haveria uma chance que os olhinhos metálicos do sensualista não acertassem, o que esconde o excesso de delicadeza, hein? Recalques-espantalhos, ombros-morcego, cabeças-covas... Afinal, pergunta o Leão: quem é que está com toda a informação, ou melhor, com a informaçao toda? Foi atingido o decoro profissional? Foi o caso. O desrespeito à natureza humana? Foi. O arbitrário não abalizado? Foi. Morte lenta então? Morte lenta.

CLARÕES

Hã, sim, o árabe fica sempre no meu pé. Mesmo no avião havia sentido o olhar dele me fitando quando levantei o pé para prender os cadarços do sapato e eu sinceramente não lembrava tê-lo visto alguma vez, tanto mais que estava tão magro e de sapato brilhando, mais um sátiro que um esboroado. Foi aí que decidi entrar na óptica, pois sem óculos de sol sofro de fotofobia e o modelo CD era tão engraçado. De fora parecida uma alça da Melissa, mas uma vez envergado ficava tão leve e transparente como celuloide e a cor-de-caramelo reconciliava-me com a vida. É verdade que a sala de espera (anexa à óptica) do cabeleireiro onde resolvi passar uma escova atentou contra minha sanidade (todas as mechas das clientes estavam enrodilhadas, por eufemismo, como cobras amestradas) mas é o cabeleireiro de mais luxo e eu preciso levantar minha moral. De fato, quando saí meio ceguinha e torta por causa dos óculos e do sapato de verniz de salto preto, muitos me seguiram com o olhar: é por causa das unhas vermelhas, eu pensei – elas dão o tom do trato, agora, cá entre nós, pensando bem, quem é mesmo que vai me tratar? Ninguém, que eu saiba, que tesão só sinto é pelo Leo, mas é um tesão tão complicado, misto de Yolanda e de Paraguaçu, que vai acabar dando flor, se é que já não deu, muito provavelmente. Só sei que quando, depois de tudo, cheguei do aeroporto e tentei avistar M. e ele não estava (tinha-se atrasado por causa do telegrama) a vida desmoronou de vez e foi aí que aprendi que sucedâneos podem ser muito bons para regular o sistema linfo-vascular, mas que outros caminhos só se trilham na escuridão, digo, na solidão total, às vezes alumbrada por clarões épicos que duram o instante de que são feitos.

Ai de quem se ofusca a pensa que pode retomá-los quando queira, mas não pensem que por causa destas contradições perenes eu vá baixar o nível das minhas expectativas. O preço é tão alto e já não há quem o pague. Só mesmo roubando à força e à revelia, o árabe que o saiba de antemão.

PENAS DE PAVÃO

Louças haviam no apartamento que fomos ver para alugar. Eram xícaras do ancien regime com alcinhas douradas. Estas não são para vender, disse a dona gorda, mas quanto ao apartamento, podemos fechar o negócio já. Dois telefones, disse M. e deslocou a cortina amarela besuntada para ver o segundo. Como se fosse da casa. Estranho eu não ter feito este reparo no momento. Penas de pavão no vaso verde de louça barata, sofá de vinil marrom, cortina com pomponzinho azul: conheço o gênero. Mas aí, *cáspite*, era uma mistura de africano com nordestino, que arranjos poderia ter por baixo, tais de interessar a M.? Bem, dona Lalá, converse com o senhor Bonfá e tudo está acertado. Vamos para o quintal comemorar com o churrasquinho que está assando. Se eu sentisse sempre o nojo que sinto agora estaria que nem a Olívia palito. As gorduras da carne fumaçadas combinam-se com a banha da Dona Lálá. Tudo parece tranquilo, mas sinto uma presença invisível entre tudo.

Vejo M. que esquadrinha a rede que separa a casa de um jardinzinho da frente. Por que esta rede metálica colocada de repente, está claro, e este disfarce todo para que nem todos percebam que era um puteiro. Tem até bíblia no quarto onde tudo é de casal: cama, colcha, cômoda, com o detalhe dos livrinhos azuis em coleção clássicos de bolso, presos à maçaneta: muito bandeiroso demais. Mas a história é outra, só pode ser. Bem que Leo estava tão esquisito na quarta-feira à noite quando nos encontramos no *Well's*, psicose ou delírio, o remédio é o mesmo: foi isto que ele disse e o nome do remédio também, alguma coisa química que não consigo lembrar. E nesta hora que senti um desejo penetrante de ser abraçada por ele e não prestei atenção no árabe que queria saber o nome do remédio e agora, com fumaça e tudo, farejo aqui o mesmo cheiro que havia lá. Aí Leo me disse – não tenho vocação para amante e eu achei tão estranho um homem ter medo de meter que fiquei sem saber se era amor demais ou coragem de menos. Mais tarde optei pela primeira hipótese e agora já acho que era uma mistura das duas, mas no ato senti uma dor tão forte. O desapontamento (frustração disse ele) arde como uma mordida e deixa as marcas, os pontos negros da dor.

9 DE SETEMBRO

Setembro é seu mês, dizia o horóscopo, e segunda seu dia!

O avião chegou, mas desde que vi o céu, assim meio de viés, tive um pressentimento. Que avião é esse, de ventre metálico como uma piranha que chega tinindo e tremendo a toda pressa? Foi um milagre o piloto conseguir brecá-lo. Fechei os olhos na hora de aterrissar, não gosto de emoções gratuitas, especialmente quando negativas. Infiltram-se na alma e desabrocham em pequenas violências inesperadas. O casal vinha de um congresso na África, sem nenhuma emoção, porém, que a vida de diplomata é uma vida infensa, superficial. Tenho pavor dos seres que põem em você aquelas mãos compridas, pegajosas, dizia a consulesa e eu achei que de fato tinha razão: aquela vez, em Dakar...

O que eu gosto mesmo da África é o murmúrio noturno, que envolve as cidades: urros, ganidos e aquele cheiro quente de resina e mar, mesmo na terra, disse eu. Sim, mas a americana estava assustadíssima, insistiu a consulesa, e eu olhei para seu cabelo loiro oxigenado e pensei, congresso ou não congresso ela nunca vai chegar lá.

Encaminhei-os para o palacete que havia alugado para eles com a estranha sensação de que não era nada daquilo que eu devia estar fazendo. Eu devia mesmo é estar tomando avião de volta de onde eles vieram a procurar R.F. R.F. é a única pessoa que poderia entender. Havia tentado deixar as crianças com mamãe, na esperança desesperada que ela dissesse sim em lugar do não categórico com o qual me havia truncado. Telefonar, telefonara. Mas a informação que me haviam dado não batia: R.F.? Saiu para o cassino no jaguar vermelho. Cassino, ainda vai, mas jaguar vermelho já não faz o gênero, dissera a P. que me acompanhara de hotel em hotel, no fusca anônimo, com as crianças do lado. Acharei um jeito de ir lá. Pedi ao casal que se sentasse. A mesa estava posta. O tempo de fechar o carro e falar com as crianças. Foi aí que vi o moleque. Um murro na alma, algo de estridente, absurdo, o fantasma de Bergman. O menino estava sentado na direção e sorriu um sorriso de ponte com borrachinha preta. Os dentes estão retos, pobre, onde será que arranjou este aparelho solto e para quê, se parece uma barata de espuma preta espatifada no incisivo, coitadinho, sorri. E foi aí que vi o revólver em sua mão. Revólver de cano curto e silenciador. O primeiro disparo foi tão surdo que nem parecia um disparo. O segundo também, para dizer a verdade, que eu desferi mecanicamente, mirando abaixo, já que tinha que certar em algo que fosse a perna e não uma parte vital. Ou o chão do carro, quisesse deus que fosse o chão do carro, repetia a mim mesma enquanto refazia os degraus do palacete para sentar-me à mesa do jantar. Tenho horror à violência, estava dizendo o adido – e digo mais – se algum de meus assessores fosse adepto, o tiraria do cargo, não teria outra alternativa. – Claro que não – tive o tempo de responder, enquanto sentia a ponta das orelhas em brasa e o coração bater em constrangimento e medo que de um momento para outro o telefone tocasse. – É a polícia, disse a empregada pousando o fone e olhando-me direto nos olhos.

PEÇA RÁPIDA

I ato

Sabia, Sob este olhar metálico, desculpem, tô estragando tudo.

Sabia. Sob este sorriso tímido...

Uma sala de residência, mas, sinceramente, não a reconheço. O pé direito é alto e falta uma parede: será um palco? Não creio.

A porta do quarto abre-se de repente e sai a Marilene com ar tão familiar, está calçando mocassim sem meia. A sola chata adere ao chão de lajotas. Só agora reparo que o pé é grande e a lajota, fria, o que me desvanece e surpreende ao mesmo tempo. Pergunta: Por que estará vestindo-se em meu quarto? Admiro-a muito, ser usuária de minha casa é sinal de distinção, mas eu deveria estar esperando um casal russo para o jantar, já há comidas em conserva em alguma parte, mas quando toca a campainha é a polícia que chega...

Ouve-se um grito lá fora.

(É agora que Marilene sai do quarto com a roupa pendurada no braço)

Saio correndo para a varanda.

Não é uma varanda. A minha, pelo menos.

É um pátio úmido, grades, muro alto circular, de calhaus?

No tumulto de sensações um pensamento gritante lá no fundo: e as crianças, com quem ficarão as crianças?

Sussurro, antes de desaparecer: avisar o adido, segunda-feira.

II ato

Mamãe está velhinha. Mamãe está numa cadeira de rodas.

Papai está curvo. Sinto uma pena imensa, eu, descalça, no meio da sala. Não eram russos, eram italianos. Eram italianos? Não, eram russos. Chega Bitu, fantasiada de índio, com samambaias na testa. Chega a empregada com três flores na mão. São para mim as flores? Não entendo. O psicólogo de cabeça afundada agita-se no palco.

Morcego teleguiado. Agitam-se sensações sombrias. A luz treme e aos poucos se apaga.

LOURO Foi dito e feito. Chego em casa (agora nós moramos num *residence*) e de repente lembro-me de ir ver os bichos. Havia deixado os cinco na gaiola de madeira: o louro, dois canários da terra e dois canários da China. Não é que esses porqueiras de empregados de hotel se esqueceram completamente deles? Louro, coitado está que nem um maço de erva-doce murcha: perdeu metade das penas, está magro de dar dó. Nem voz não tem mais. Desconfio que os outros pássaros estão mortos. Levo-os numa braçada para o apartamento, encho a banheira e mergulhamos juntos. No calor da água e do *couvage*, dois reanimam-se. Pobres bichinhos. O que é o calor de uma mãe. Voltam simplesmente a viver.

Toma louro, bebe água viva e você periquito encoste aqui no meu pescoço, assim. O que é que Home está fazendo aqui? Não vê que estou nua e na banheira? Sim, meus bichinhos, e daí. Que liberdade é esta que não lhe concedi? Devia é lembrar-se deles antes que definhassem. Os meninos? Esperam-me na piscina. Mal dá tempo de chegar lá. Os dois estão nadando numa boa, até me admiro de como aprenderam som que eu soubesse. Estou entretida olhando para um casal musculoso que sobe ao trampolim, mas de repente, em lugar de cair na piscina como seria o normal, atiram-se diretamente no oceano. Mais de mil metros de voo: isto

é possível? Há gente que parece sobre-humana. De repente o que vejo? Os dois meninos no fundo da piscina, colados e se mexendo no chão de ladrilhos. A piscina foi esvaziada em trinta segundos pelos poderosos filtros sugadores. Mas afinal, pergunto, onde estamos? Vou direto à gerência. Afinal isto é hotel ou o quê?

Os pássaros sem comida, a piscina sem água, as coisas sem avisar ninguém (levanto a voz), isso é uma loucura, um perigo!

VISÕES DO FUTURO

Este é Bergamo. Reconheço a cidade muito bem. Pelo mosteiro românico à esquerda e esta pedreira do lado direito. Só que, antes, ela não era hirta assim, difícil de subir, quase na vertical. A gente sobe e logo atrás tem o torrente que corre no seu leito, tranquilo, para depois precipitar-se bruscamente na queda. Como antigamente. Correnteza, o que trazes contigo e o que fazem estes cavalheiros de paletó e gravata, de meias sem sapatos, prontos a se atirarem na água, ao menor aviso?

Serão contrabandistas? As botas, os sapatos, as pastas *Samsonite* correm por baixo d'água presas por fios de arame. Ou será que exportam seus próprios corpos, como peixes? A atenção de M. está concentrada na correnteza. Passa de tudo, por ela. De repente, mergulha também e após demorado esforço volta à tona. Conseguiu retirar a hélice de um dispositivo de passagem, com muito custo e arte, para não danificar o engenho. Olho para o objeto com a máxima atenção. O metal traz marcas de prolongada imersão. O formato é de laço de gravata. Absolutamente, de nada me serve.

Agora, a China.

Longas fileiras de amoras. O passeio foi exaustivo. Visitamos campos despovoados durante longo tempo. Os ônibus da excursão estão a postos. Vai no primeiro? Pergunto ao homem que me acompanhou. Vou sim, já estou cansado. Eu fico. Estou cansada também, mas tão cansada que adormeço na cocheira de uma casa beira rua e quando acordo, os ônibus todos já se foram. Aliás, só acordo mesmo porque estou sendo beijada ininterruptamente por um rosto de olhinhos apertados que estranha a cor dos meus, estranha os cabelos, o cheiro, o formato. Levam-me para dentro com a delicadeza devida ao bicho-da-seda. Aconchegam-se naquilo que será meu canto, alimentam-me com estranhos entulhos.

Quando chega a patrulha de reconhecimento, juntam-se os habitantes da casa, duas senhoras de traseiro descomunal e cabelo preso e me sobem até o telhado. Tudo é feito em silêncio, pois nem gestos comuns temos para nos comunicar. E tudo é extremamente frágil. O telhado é de saco e a chaminé, atrás da qual me escondo, é de varetas de bambu trançadas em tela. Transparente.

O homem gostou mesmo de mim. Às vezes, durante o dia escondem-me no guarda-roupa. Não seria necessário, pois até torço com eles para que não me encontrem. Adapto-me a seu viver e, além do mais, acharam-me uma habilidade que os alvoroça: pinto máscaras coloridas de cores sensacionais. Papel de seda, varetas, tesouras, cola de milho.

À noite reunimo-nos no meu quarto e rimos e batemos palmas.

Por um beijo atônito troquei meu mundo e minha personalidade. Até agentes da polícia vieram me procurar. Subi ao telhado, atrás da caixa d'água.

VENEZA/3000

Estou nos meandros da cidade baixa. Agora Veneza tem estradas elevadas percorridas por *overcrafts* que se cruzam sem ruído. A cidade baixa, cais do porto, é toda ela repleta de lojinhas de joias, ouro e coral, inclusive coral preto, muito na moda. O vendedor de joias insiste no preço alto, díspar em relação aos outros vendedores. Pois a senhora consulte um ginecologista. Não custa menos que cinquenta mil.

Resolvo não voltar. Tomo o trem voador e telefono ao Jarbas. Vamos nos encontrar logo, no ponto de encontro, onde tem aquele grupo de eucaliptos verdes, quase um punho no meio das dunas de areia cinza, seu cheiro destoando como sua fala vulgar e previsível. Antes fui à palestra na Biblioteca e Juca chorava pelo vento e pela areia nos olhos. Põe duas golas disse, assim ficará protegido seu pescoço. Havia alunos até por cima da rampa. Se existíssemos apenas nós dois, como seria melhor. Pensei em não ir para lá. Notara um certo ressentimento em sua voz e, ultimamente, falar cansava-me muito. Assim mesmo tomei o trem. O trem voava. Passei não sei quantas vezes sobre o eucalipto, eu sem saber em que ponto descer, início e fim, tudo confuso. Apenas sua fala oca, infantil, a ressoar em meus ouvidos moucos.

GRAN FINALE

Helena veio me visitar com ar de quem não tem nada para dizer, de importante, ao menos. Demos a volta da quadra e foi só, com aquela vozinha sumida da qual sempre desconfio que ela me disse ter ganho o primeiro prêmio, modalidade tradução. Senti uma ponta de inveja: também, ela ficou dois anos fazendo apenas isso e quantas coisas eu fiz! Nem todas boas, é verdade, mas quebrei um galho e tanto, só com aqueles cotejos intermináveis e artigos e resenhas preparando-me, preparando-me moralmente para o momento em que veria o mestre.

Veria é modo de dizer, e moralmente é um lugar-comum como tantos colocados entre parênteses, chutes na sensibilidade do leitor, assim: "e a experiência psicológica das pessoas por pouco não se transforma numa história (Foster), ou quem sabe em nada (Drummond)".

Na verdade, eu estava há tempo me preparando fisicamente para ver o mestre. Deixei crescer o cabelo, a unha, tomei sol até ficar com a pele curtida, sem falar nos exercícios variados de músculos e vísceras.

Finalmente parti... Levei Juca comigo, não tinha onde deixá-lo, mas um Kindergarten poderia ser encontrado por aqueles lados também. Cheguei à tardinha, umas seis horas, e achei que era uma hora boa para visitas a uma pessoa de idade, mas nem tanto, que morava com a governante, mas não só, pois o olhar de medição que ela me deu lembrou-me a alcoviteira do Debrun, tudo bem, estou pronta para tudo. E estava mesmo, como nunca estive. Creio que o responsável foi o sol, o decisivo, digamos. É capaz de amadurecer-me como a banana-nanica: fico doce e pródiga, querendo mesmo, sem outras alusões locais. Juca já estava na pensão infantil, para comer e dormir depois do pica-pau, como fazia quando morava com o pai, o carro estava no estacionamento por período, o espelho me mostrava dois lagos totalmente remissivos. Não lembro se fui eu ou a alcoviteira que abriu a porta do quarto. Também não importa porque o mestre estava sentado à escrivaninha lidando com uns alfarrábios, completamente entretido.

Não digo que não tenha ficado surpreso ao me ver. Levantou os olhos, em seguida levantou-se e fez-me sinal para que sentasse na poltrona enquanto a mordoma fechava a porta, isso eu lembro muito bem. Vontade eu tinha era de pendurar-me no pescoço dele, beijá-lo, fazer-lhe milhões de carinhos, perguntar se sentira falta de mim nestes dois anos em que eu havia amadurecido muito, muito, deixado de bobagem, compreendido muita coisa e que e que... Acho que o que me segurou, sem dúvida, foi o brinco que ele usava agora no lóbulo esquerdo.

Um quê de cigano ou de alguém dado a estas seitas do corpo, que não fazia seu gênero, o gênero que dele havia criado dentro de mim, como sempre acontece. Desandei a falar acaloradamente. De tudo ao mesmo tempo, com muita ênfase, com um imenso amor, tentando mostrar-lhe como ele participara de todos os momentos de meus dias, de como marcara sua existência a linha mestra de minha atividade, como se o ímpeto de minha fala pudesse arrastá-lo também, mas, principalmente, falando porque era a única forma de dar vazão àquela coisa toda que armazenara dentro de mim e que agora transbordava numa inércia própria. De surpreso seu olhar passara a divertido depois (me parecera) apenas paciente: como quem perdeu a fé ou o interesse, serei injusta mais com ele ou mais comigo?

De repente a porta se abre, há um murmúrio de vozes e ele diz “Ah, sim, é que marquei para fazer o cabelo dessa moça”. Parece-me extremamente natural que se retire para fazer-lhe as mechas e que no quarto entrem duas pedicures e uma moça, uma toalha e uma bacia.

– Vou aproveitar e fazer o pé eu também – digo, e elas acenam que sim, mas põem os pés da moça de molho na bacia, nos meus despejam um pouco de água, apenas, e uma dela senta-se para começar com aquela espátula horrorosa assim a frio.

Nada disso, revolto-me, não faço nada e pronto!

Saio para a rua. Fui visitar Juca na pensão. Chorou um pouquinho, dizem-me, na hora do jantar. Agora está dormindo. A pensão é esquálida, cheira a óleo requentado, coitado, mas também tenho que resolver isso de uma vez. Volto apanhá-lo mais à noite, digo. A noite, a grande mãe, penso enquanto passo em frente à casa onde morei com Lúcio, quando anos já fazem? Chego minha cabeça às barras do portão e espio. Só tem velhas na sala, mas cada velha desgrenhada, a roupa, o cabelo, algumas delas me veem e começam a fazer sinais, ganir como um animal. Que será isso, virou casa de loucas... A dor que estava à espreita desde o momento em que resolvi empreender esta viagem desaba agora como tromba d'água.

A casa, o brinco, o carro que está preso no estacionamento, pois perdeu-se a chave e a mulher não sabe onde a meteu, o menino que dorme entre estranhos miasmas e o lava-pés, e a Helena que dá voltas pelo jardim de martelo e eu querendo a todo custo juntar os cacos deste mundo vencido numa vontade desesperadamente inútil de permanecer.

Para mais informações, dúvidas sobre a obra ou caso identifique alguma falha, pedimos que entre em contato pelo e-mail info@reformatorio.com.br

Esta obra foi composta em Fairwater Sans e QuicheText e impressa em papel Pólen 90 g/m² para C Design Digital em maio de 2023

Impressão e acabamento
psi7 | book7
psi7.com.br book7.com.br